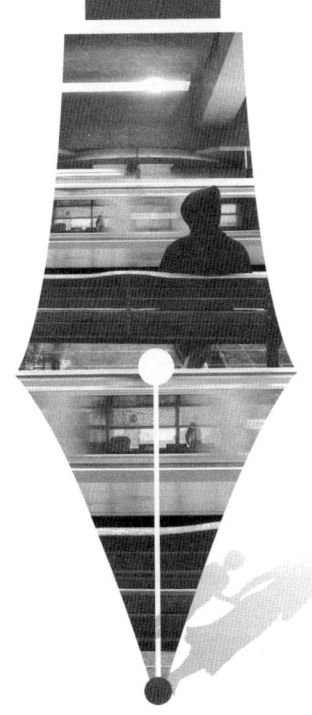

Qui a tué le poète?

谁杀了诗人？

Luis de Miranda

［法］路易斯·德米兰达 / 著

钟一 / 译

海天出版社（中国·深圳）

图书在版编目（CIP）数据

谁杀了诗人？/（法）路易斯·德米兰达著；钟一译. — 深圳：海天出版社，2018.8
（左岸译丛）
ISBN 978-7-5507-2439-6

Ⅰ．①谁… Ⅱ．①路… ②钟… Ⅲ．①长篇小说－法国－现代 Ⅳ．①I565.45

中国版本图书馆CIP数据核字(2018)第140100号

版权登记号　　图字：19-2018-052号

Qui a tué le poète
Luis de Miranda

copyright © 2011 Luis de Miranda

Simplified Chinese translation copyright © 2018 by Haitian Publishing House
ALL RIGHT RESERVED

谁杀了诗人？
SHUI SHA LE SHIREN?

出 品 人	聂雄前
责任编辑	胡小跃　李尧　戚乐也
责任校对	叶果
责任技编	梁立新
封面设计	知行格致

出版发行	海天出版社
地　　址	深圳市彩田南路海天综合大厦（518033）
网　　址	www.htph.com.cn
订购电话	0755-83460239（邮购）　83460397（批发）
设计制作	深圳市龙瀚文化传播有限公司　0755-33133493
印　　刷	深圳市华信图文印务有限公司
开　　本	787mm×1092mm　1/32
印　　张	6
字　　数	100千
版　　次	2018年8月第1版
印　　次	2018年8月第1次
定　　价	38.00元

海天版图书版权所有，侵权必究。
海天版图书凡有印装质量问题，请随时向承印厂调换。

奥菲利亚:"我希望一切都会好起来。"

——莎士比亚《哈姆雷特》

序

2010年4月20日的早晨，10点刚过，我弟弟在他位于阿弗雷城的公寓里，正目不转睛地盯着一个蹲在地上的小男孩。"这一定是幻觉，"巴多反复告诉自己，"如果我轻抚这孩子的头发，我的手会穿过他。"他伸出手，小心翼翼地向前走了一步。

我多想待在井底
或在一个遥远国度
闭上双眼
我会发现我的世界已分崩离析

幽灵男孩抬起了头。巴多碰了碰他的头发和小脑袋，好像浓稠的液体。可当他抽回手，并没有残留一滴水迹。我弟弟一时凝噎、不知所措，就在这时，厨房传来敲门声，打断了他的思绪。

来访者头戴风帽，挡住了半张脸，难以辨认，他手里提着一个包裹。巴多打开门时，那个小男孩就站在他的身边，还拉着他的手。这真是奇怪的感觉，仿佛自己正触碰着一个触不可及的东西。

那是胶囊咖啡外送员，他放下帽子，没有和小男孩打招呼，似乎并未发现他的存在。巴多迟疑了一会儿，试图寻找一个恰当的说法，最终，还是鼓起勇气对门口的外送员说：

"这是我儿子。"

对方呆望着巴多的身旁，那里除了空气，什么也没有。他发现我弟弟的手指紧攥着，像是握着一只想象中的手。这不是他第一次遇见古怪的客户。他清楚，我弟弟只是有点孤单，并不会伤害别人。

序

"他和你长得很像。请在这儿签字。"

巴多松开小男孩的手,潦草地签下了自己的名字,极力掩饰平静外表下的惊慌失措。他接过咖啡包裹,和外送员道别,随即关上门,转身看着贝纳尔多。

"你想要什么?"

小男孩没有理他,自顾自地看着厨房书架旁摆放的一张相片,仔细端详其中那个20多岁的女生,她拥有灰蓝色的瞳孔、白皙的皮肤和赫红色的头发。这是6年前的相片,那时的奥菲利亚和巴多手牵着手,两人脸上写满了喜悦。

"她很漂亮,"男孩一字一顿地说道,可嘴唇几乎没有动,"你还爱她吗?"

"我不知道,我们已经很久没有见面了。我没有她的音讯,除了每年会收到她的一两条信息。"

"为什么?"

序

"一言难尽……我猜,她现在应该住在汉堡。"
"你想再见她吗?"
"我不知道。"

关于巴多和奥菲利亚之间的百转千回,没有人比我更清楚,无论多么细微的情节我都不曾错过,因为我弟弟总会毫无保留地与我分享。我是他的知己,而不是监护人。尽管当时我对那个英法混血女孩的个性有所顾虑,可我并不认为自己有资格评判他们的关系,毕竟这场爱情让我弟弟感觉自己无所不能,仿佛长出了翅膀。也许是蜡做的翅膀?

对巴多而言,奥菲利亚就是那个所谓命中注定的爱人。如此强烈的爱情会吞噬一切,把人变成一个怪物,时而成为崇高与优美的化身,时而又变得面目可憎、令人窒息。每当想起她时,巴多的眼前总是这样一幅画面——在欧洲的尽头,他紧紧抓着悬崖边，距离脚下一二十米是无尽的虚空，而他就那样悬在半空。

那是大约6年前的7月，在葡萄牙，他们相识已有3个月。奥菲利亚自称得了重病——白血病；那时的她只有20岁，而那也许会是她的最后一个夏天。她桀骜不驯的气质、难以捉摸的性格、拜伦式的语调，都让巴多无法抵抗；她热情奔放，同时又透露着一丝腼腆。她的古灵精怪、她的狂野，还有她的大长腿，都令巴多痴迷不已。奥菲利亚听很多音乐，通常是古典乐，尤其是拉赫玛尼诺夫（令人心碎又故作姿态的）的钢琴协奏曲。有时候，也会听一些她笑称为（只是微笑，她从没有过真的大笑）"蹩脚哥特摇滚"的歌曲：以死亡为主题的暗黑系乐队，诸如艾米丽·奥腾、卡拉布雷斯或是"梦之日记"。她还有收集吸血鬼电影的癖好。和她待在一起的日子里，我弟弟觉得一切正在朝好的

序

方向发展。

那个夏天,他们来到位于欧洲最西端的罗卡角与"苹果海滩"之间的辛特拉海岸,发现了一处只有越过悬崖峭壁才能抵达的海滩,而这竟危险地唤起了奥菲利亚想跳下去的渴望。她究竟经历了什么,会对这样极端的事情产生渴求?

我弟弟向来容易眩晕,可奥菲利亚却如藤蔓般柔软,像一个老手,无所畏惧。下降过程耗费了很长时间,眼前的路越来越窄,他们的双脚仅能踩在十几厘米宽的岩脊上,身体紧贴着岩壁,脚下离地面还有很远一段距离(在我弟弟看来,那真是可怕的高度;可对于他的同伴,也是这场冒险的提议者而言,这点高度根本不在话下)。

巴多尽力保持平静,他清楚只要低头望一眼,就有坠落的危险。他们全然不知接下来要走的路是否可行。也许他们会原路折返,那几乎意味着得徒手攀岩。虽是一个白血病人,奥菲利亚身手敏捷,如履平地;她时不时取笑一下我弟弟,有时又耐心鼓励他,待在原地等待他赶上来。如果不是因为想到她病了,巴多绝不可能这样冒险。他并不完全相信她身患白血病这一假设,而是从中看到了某种隐喻,一次呼救。他不愿在奥菲利亚面前丢脸。

关于他们的关系,从一开始,巴多就在同情和爱慕之间犹豫。他一直梦想经历激情四溢的恋情。自从在凯旋门脚下第一次偶遇,他便感受到她身上某种优雅的不安。她有一种崇高而痛苦的美,犹如一座大教堂。显然,这不是装模作样,的确有什么正在折磨她。这激起了巴多的骑士精神。他将全力以赴,把他的挚爱从恶龙手中救出。

一天,也许是这场"悬崖事件"发生的1个月前,她打电话到他的办公室,问他有没有泳裤,愿不愿意和她相约到协和广场的喷水池戏水。于

序

是，巴多向他的建筑师同事们编了个借口，便匆匆出门。这对恋人在金色的喷泉里享受了一次"圣洗"，后来，在游客的众目睽睽之下，两人各自裹着超短的白色浴衣大摇大摆走进了玛德莲教堂，那模样着实滑稽可笑。和奥菲利亚在一起的那段日子里，我弟弟工作效率低下，常常因此被合作伙伴指责；有流言蜚语说，他在和一个有点神经兮兮的女孩谈恋爱，而那个女孩是这段关系的主导者。

欧洲尽头的那个夏日，他们最终抵达了海滩，安然无恙。那是一个被嶙峋怪石环绕的小湾。对巴多的这个小小壮举，海浪似乎无动于衷，依旧如常地拍打着岸边，在那一刻，奥菲利亚才真正明白，他有多么爱她。她开始后悔自己编造的谎言，然而她已走得太远，难以收回曾经的话。那天夜里，他们尽情做爱，比往常更疯狂。

目 录

1. 我将改变过去 1
2. 人们总是说得很多 10
3. 醒来之后 16
4. 成为巴多以前 19
5. 一切皆有原因 26
6. 生命的美好转瞬即逝 31
7. 再见她一面？ 41
8. 偶　然 51
9. 我很危险 58
10. 在寂静无声的沙丘上 63
11. 和巴多的儿子一起 67
12. 从过去通向未来 76

目录

13 她邀我见面 89

14 天际如火一般染红 96

15 每一片生命之海 104

16 内在的危险 116

17 你想见我父亲吗？ 122

18 消失在黑夜之中 129

19 也许她想保护他 142

20 我是巴多 150

21 宛若梦中 161

译后记 166

作者访谈 171

1
我将改变过去

一切已面目全非。魂不守舍的我试图让自己在这片名为"假寐"的森林里，在树荫底下安静地待一会儿。身体越不动弹，意识却翻搅得越厉害，一些句子在脑海里盘旋不止——巴多死了。几天前，夏至刚刚到来。

他，是个诗人，而我，自认几乎不懂写作。他的骤然离世留下一个空洞，让人眩晕，在这无止境的缺失之外，有关他的迥然不同的记忆开始接连涌现。我伸开双臂，深深吸了一口气——对生命的感激之情在这一刻仿佛枯竭殆尽。这真的可能吗？我毕竟只是个凡人，禁不住又哀嚎起来。但无论如何,从今天开始,我不想让笔下的文字继续陷于悲伤。枝杈交错的树荫底下,天气显得不那么热了。我所在的这片森林,离阿弗雷城墓地不远,过去我的孪生弟弟总习惯来这里散步。"巴多",它不仅仅是个名字,还是一连串影像,是一个挥之不去的动词,一桩尚未受到惩罚的罪行。但这一天不会等太久了。

我闭上眼睛。感到树木的香气旋绕升腾,带来酒醉时的回忆。我多么希望大脑可以稍稍出神一会儿,可以有一股气流像树叶经脉那般占据我的脑神经,好让我至少获得片刻的休息,腾出讲述的时间,去梳理、揣测一些别的什么,而不是被过往压得喘不过气。眼前的蕨类植物蒙上了一层超自然的光。"属于植物熠熠生辉的次元",他在最后一本记事簿里如此写道,那是他死前的第23天。

死,多么愚蠢的字眼。巴多是他作为诗人的笔名;他本名贝纳尔多,2010年5月15日星期六死于汉堡,年仅38岁。当时有人推搡了他……

只是那么一推、一撞,他从思腾舒兹地铁站台跌了下去。"思腾舒兹"……这个词在德语里的意思是"繁星海角"。也许20年后的我会笑着想起这个名字,可此时此刻,我不自觉地眉头紧蹙。我还在寻找这个单词背后真正的力量。

我成了一名伤员,但我不会再成天抱怨了,因为这是一场战争。这个故事已变身为一场战斗……

警察从他的口袋里发现了一支小型木质万花筒,用礼物包装纸裹着。我把它作为证物保留了下来,有朝一日我要愤怒地把它塞到凶手的嘴里——因为必定有一个凶手,绝不会有其他可能。如果他说的是人类的语言,我会让他乖乖闭嘴。

根据仅有的几名现场目击者的说法,嫌疑人是英国疯拉姆足球俱乐部的一个球迷。我真希望这一切只是场噩梦。那个球迷喝醉了,或许是不小心撞了我弟弟,当时列车正要进站,他转眼溜之大吉。一切都发生得太快了,警官先生!3天之后,5月18日,我在信箱里收到一张来自汉堡美术馆的明信片,上面印有费尔南德·赫诺普夫1897年创作的面具作品——那是一张被叶片环绕的天使脸庞,左右耳后分别长出一只翅膀。明信片背面是我弟弟的字迹，这无疑是他去世前一夜写下的诗句：

> 我们从不间断生长
> 在被超越的坠跌之巅，
> 想要美好的未来
> 那就把过去改变。
>
> ——你的多情种

莫大的震惊让我欲哭无泪。事实上，多亏这则来自另一个世界的留言，将我从葬礼举行前的郁郁不可终日中解救。过去，巴多总会从世界各地给我寄明信片，其中也少不了巴黎，他习惯在文末用"多情种"这个称呼来署名，并曾在某首诗里解释过这个新词的含义：这世上有些人一旦失去激情的滋养，便会旋即枯萎，甚至难以感到存在的意义。激情对他们而言，是与氧气同等重要的必需品。我弟弟尽管天性乐观，然而，身处这个长久以来不断试图打压我们、碾碎我们，把我们当作食物投喂给机器和礼节的无聊世界——这个被他叫做"OROR"①的充满惶恐的世界——他已经被闷得快要窒息。以"OROR"的标准来衡量,巴多有时是个冒冒失失、好奇心太重的暴脾气,但远不至于丧失理智:如果他写信告诉我说,我们能够改变过去,说得那么肯定,想必某种程度上这确实可行。但要怎么做?那正是需要我来证明的。

以下是我给你遗言的回复,巴多:

坠跌?

多情之举抑或密谋之罪?

舍、得,比我们更强的是谁?

白日飞升……

——你的正义使者

2010年5月25日,一个星期二的清晨,巴多的葬礼在"假寐"森林旁的阿弗雷城墓地举行,离他的

---

① OROR,"Objective Relative Opulent Reality"(相对客观富足现实)的缩写。(全书注释均为译注)

家仅500米。自那天起,我便搬进了墓地附近带花园的底楼单人公寓。那些刻着各式各样人名的墓碑群里,有一座属于鲍里斯·维昂①——这个名字让我回想起了年少时的阅读时光,是他教会了我们懂得去珍惜天马行空的白日梦。而从今往后,巴多将同鲍里斯一起长眠于此,也许这里的其他住客将会听到他们俩的谈话。我弟弟曾说,静止的夜晚,仿佛是由大树底下铺展开的一支影子部队,在都市与森林之间构筑起一道无形的边界,前者如同磐石一般坚硬,而后者则像水花飞溅般生动。有时候,墓地的古老围墙边甚至会窜进一头莽撞的牝鹿。

这一切实在让人始料未及。以前的我也和小鹿那样无忧无虑,从没真正尝过孤独的滋味。而此刻,我兀自伫立在树丛中间,泪水已经陪伴了我2个月,可有时我又会突然感到一阵莫名的喜悦。空气中仿佛飘散着属于巴多的某个印记、某段回忆、某种元素……

---

① 鲍里斯·维昂(1920—1959),法国小说家、剧作家、诗人,代表作《岁月的泡沫》《我唾弃你们的坟墓》《摘心器》等。

葬礼结束后,我们的父母伤心欲绝,不知怎么办才好,于是在我位于巴黎的公寓里住了一个星期。两周前,我退租了那里的房子,搬进了巴多的家。父母则回到了葡萄牙,在我弟弟出事之前,他们一直过着那种可以说是"安度晚年"的退休生活。可如今他们每天都会给我打电话,用缓慢拖长的语调,我成了他们与这个世界最后的联系。为了安抚他们,我变得愈发坚强,就像进行这次调查一样。

2个月来,我漫步于这片被草木环绕的领地,只要不是和我一起混迹,巴多都会在这里修身养性,积累生活的能量。我时常为自己生涩的文笔羞愧不已。如果是他,一定懂得用另一种笔调来讲故事,他的那些笔记本就是最好的证明。也许他的猝然离世也是一种证明,因为那些用不同寻常的方式讲述和行动的人们,总会不经意间侵扰凡人的美梦。

小小的房间里,隐约透露着叶绿素的气息,与弟弟的味道混杂在一起……他的手稿,他的衣服,他的纯白家具,还有他的衣服、他的铸铁床、他的沉默、写满他字迹的记事簿，以及满满两书架书——一个放在卧室，另一个则在厨房……花园有两个房间那么大，传统的砖墙与缠绕其上的爬山虎为这屋子增添了不少英伦风味……斜面书桌正对着窗户，每天早晨，在去巴黎的建筑事务所上班之前，他都会在这张书桌前，站着创作他的诗歌。如今，我也在这张黑色的高脚书桌上，断断续续地写下这本书，这份调查报告，像他一样站着。我要从萦绕着我孪生弟弟灵魂的这个世界中汲取力量，这力量哪怕微不足道，也仍驱使着我继续追寻。我究竟是在追寻一个凶手，还是好几个？

一个诗人以一种可疑的方式作别人世，但愿这样的死亡事件可以引起人们的警醒。那些思忖着这事同我有何关系的男男女女，不妨回味一下属于你们的纯粹时刻——当你刚从美梦中醒来，刚经历一场美丽邂逅抑或一夜温存；当某个疯狂的奢望终被实现，或面对周遭世界的神奇而感到惊讶不已；当你聆听低语，或萌生幻想。那些认为诗歌不过是无能之人的绣花功夫的人们——尽管他们嘴上不会这么明说——试着听听内心的纷扰杂音、来自欲望的轰轰鼓声,还有百无聊赖的声声叹息吧!面对眼前这些丑陋的聒噪与病态的安逸,别再压抑你们与之交锋的决心。是谁杀死了诗人?不紧不慢地……我必须保持清醒,尽管这几乎不可能。不然,谁知道呢,下一个被了结的也许就是我。

我会把事实的零部件一一拆解。如果可能的话,我将改变过去。

2
人们总是说得很多

汉堡警方显然办案不力、进度缓慢,而监控摄像头又只捕捉到案发当时一闪而过的模糊人影——看起来是个小混混,半张脸被围巾挡住,他从侧面冲过来将巴多撞倒,然后迅速逃离了现场;又因为至今还没有任何疯拉姆①足球俱乐部的球迷出面自首,所以调查任务只能靠我自己。有心的读者可能已经意识到:我之所以写下这些语焉不详的字句,是因为内心正被复杂的情感折磨,尤其对于从不擅长给恶魔或隐身人画面相的我来说,要将这些落笔

---

① 原文为"Foulâme",由"fou"(疯子,疯狂的)和"l'âme"(灵魂)合成,在此是一个文字游戏。

于纸上真的格外困难。

还有一些务实较真的读者会问,巴多去汉堡做什么?出发之前他告诉过我,汉堡这座城市从16世纪末开始,便是孕育资本主义现代技术的摇篮。而他,作为一个视足球运动为愚蠢行为并对之嗤之以鼻的人,又为何要在欧洲足球联赛决赛期间前往汉堡?好吧,这一切只是时间上的巧合——因为他要趁耶稣升天节的连假,去那里和奥菲利亚会面。

一直以来,我都对奥菲利亚·洛夫莱斯心存怀疑,何况她的名字、她的性格都像是从哥特式小说里走出来的。她是我孪生弟弟的前女友,一个放浪不羁的窈窕美女;5年前他们分手,但巴多仍默默地爱着她。事实上,早在几年前,她就差点在悬崖边害他丧命(抱歉了巴多,如果我这么说她显得太过刻薄)。

巴多的死,是否或多或少和她脱不了干系?警察在我弟弟的钱包里发现了奥菲利亚的手机号码和地址。这是我从一个名叫克雷斯的警官口中得知的,他足有近2米高,是个50多岁的中年男人,神神叨叨，像是要甩掉一个令人难堪的包袱那样，勉强地用蹩脚的法语告诉了我这条信息。

奥菲利亚自称是诗人拜伦的女儿阿达·洛夫莱斯的后代。长久以来，我都对她身份的真实性抱有怀疑，何况她向来谎话连篇。但是，巴多在见过奥菲利亚的父亲之后，似乎确信，至少在这一点上，她说的是真的。

5月16日星期天，我动身前往汉堡，来到艾本德医院的停尸房"指认尸体"——尸体看起来很完整、很美，我弟弟"仅仅"是遭到列车的猛烈撞击。当时的我彻底崩溃，没能马上想到奥菲利亚，回巴黎后，才给她拨去电话。我说想要见她一面，可她立刻挂断了电话，听起来像是在哭，然后就再也没有接听我的电话。

在这之后的那个星期五，我再次来到汉堡，这时距离葬礼举行还有4天，我想从奥菲利亚那儿讨一个说法，也许还能带她回去，一起参加弟弟的葬礼。我来到她位于韦列斯特拉斯的住址——那是舒兹北部的一个区——足足等了有3个小时，除了面对

2 人们总是说得很多

一扇紧闭的大门,别无所获。我还尝试敲了好几个邻居的门,但整幢房子仿佛是聋了一样,没有半点回音。总之,如果奥菲利亚不是已经与魔鬼为伴,我真希望她下地狱。

我再次造访克雷斯警官的办公室,却依然一无所获,空手而归。2个多月后的今天,警方始终未能确认凶手的身份,只是一味地重复说,那个肇事者是单独行动,中等个子,应该很年轻,动作利落,似乎喝醉了酒,戴着太阳镜,球帽还有一条印有疯拉姆足球俱乐部会徽的长围巾,那一天"疯拉姆"刚在和皇家马德里的决赛对阵中败北。

出事的时候,为什么奥菲利亚没有和我弟弟一起出现在思腾舒兹地铁站呢?那支包装好的万花筒原本是打算送给她的礼物吗?如今的我每天都在摸索这个小玩意儿,仿佛它是解释这一切的钥匙。根据巴多告诉我的旅程安排,他应该在5月13日星期四和奥菲利亚共进晚餐,也就是意外发生的前两天。他们俩已经有5年没有见面了,中间只断断续续有过一些联系。

他之所以想要见她，是为了尝试解开一个谜团；另一个谜团，也许与他生前寄出的那张明信片关系密切。我必须坦白这一切，即使这会让人质疑我弟弟（或我本人）的精神状态。

自4月20日那天起，巴多开始和一个只有他看得见的小男孩对话。

那是一个自称名叫贝纳尔多的"幽灵男孩"，和我弟弟同名，他似乎着迷于巴多和奥菲利亚之间的爱情故事。

那会不会是巴多灵魂的显形，又或者，是我弟弟在生命的最后时光里真的开始出现某种精神异常？哦不，不能用这种简单粗暴的方式来解释。或许我讲故事的方式也有失体面：我总是笨头笨脑，各种想法在血管里上下翻腾，我觉得必须足够冷静才有可能深入了解这个错综复杂的故事。原谅我，巴多，我举步维艰，每写下两行句子便不堪重负，不得不躺在你的床上歇一会儿，然后再度起身，继续酝酿几个不完美的措辞，那种感觉就像是在遭受电击疗法。

2　人们总是说得很多

在我芜杂混乱的思绪中心,有一个念头慢慢浮出水面:必须找到奥菲利亚·洛夫莱斯,无论她在哪儿,因为根据警方的消息,她似乎已经离开了汉堡。

为了不显得操之过急,我没有在14日星期五打电话给你,也许你正是在那天寄出了明信片。我想等你自己主动提及和奥菲利亚有关的话题。我们本该在16日你回巴黎的几小时后共进晚餐。想必和往常一样,你会和我分享那些离奇的故事——你的人生就是一首诗。

人们说,当你遇见自己的分身时,死神已经离你不远了。人们总是说得很多。

3
醒来之后

2010年4月20日的午夜时分,事发前25天,我来到凯旋门附近一家名为"温斯顿先生"的酒吧与弟弟见面。原先,凯旋门在我眼中不过是一栋可有可无的建筑,直到6年前,它在巴多与奥菲利亚的爱情纠葛中扮演了影响深远的角色之后,才显得不可小觑。酒吧的装修风格融合了英伦风味与印度特色,切斯特菲尔德式长沙发与精巧的细木摆件将客人们带回过往的惬意时光。那是一个宁静的时期,长久以来散发着精致味道,被悉心保存,变成了无形的光泽。只见我弟弟脸色苍白、焦躁不安地站在吧台边,但终究还是一副稚气未脱的模样——那是他标志性的个人特征，几乎成为他的代名词之一。近些日子来，有人觉得我们俩看起来不如过去那么相像了；生活方式和性格果真会改变一个人的容貌，就像经历了一场噩梦。

"你没看见他吗？"巴多显得很紧张。

他指着身边的空气，问。我压低嗓音，不想引起旁人的注意：

"你说的是小男孩吗？"

"他说他叫贝纳尔多！告诉我我没发疯！"

"好吧，如果这样说会让你好受些……"

他狠狠地瞪了我一眼。我点了两杯鲜榨柠檬汁，既想刺激味蕾，更是为了清醒一下头脑。我发现有人正盯着我们看，只得把弟弟拖到酒吧角落里的一张桌子跟前，试着安抚他的情绪：

"你永远不会疯的，巴多，哪怕你努力想变疯。可能你只是最近身体有些代谢失调，或者是你渴望拥有下一代而产生的某种综合症状？"

可惜我还是没能把他逗乐。服务生给我们端来了两杯黄色的饮料。我尽量不流露出暗讽的语气，说道：

"所以，他现在和我们在一起。"

弟弟皱了皱眉：

"他在看着你呢！他摸起来有种果冻的质感，能听到我说话，有时候还会回应我。"

我不禁有点嫌弃地撇了撇嘴，不太情愿地把手伸向他刚才指着的空气中，但什么也没能感觉到。我开始有点不安了。也许是因为我比他早8分钟来到这个世界，一直以来，我都扮演着哥哥的角色。

"巴多，冷静点，把今天发生的事一五一十告诉我，从你醒来之后开始。"

4
成为巴多以前

2010年7月24日，星期六，立陶宛维尔纽斯，我正身处莎士比亚酒店的一间客房内。窗外，热浪滚滚，令人困乏。我几乎成天躲在这间名为"威尼斯"的房间里。故事讲到这儿，该重新回到现在时的轨道了。

我在立陶宛做什么呢？凭着我的直觉和一番推理，我一路追寻奥菲利亚·洛夫莱斯来到了这儿。不过，还是先回过头说说那个幽灵男孩吧！

只要是不去森林散步的日子，我弟弟每天早上都会在家创作诗歌，在他眼中，这是两项可以互换的活动。那一天，就像一直以来那样，他站在书桌前，双手按着木质台面，眺望窗外的花园。和往常一样，他闭上双眼寻找灵感，唤起生命源头的勇气，随后写道：

我们为何歌唱？
既然无论何处 宽厚仁慈
皆已陷入深眠
那是为了循着先人的线索，向上攀升

突然，毫无征兆地，一个景象在眼前缓缓浮现。

他看见一个小男孩在一片绿草地上欢快奔跑。和煦的阳光下，柔软的青草轻抚着小男孩的小脚丫。小男孩看起来有一丝眼熟——长长的黑发微卷，漂亮的拉丁人脸蛋上镶着一对深邃带笑的眼睛——那正是我弟弟四五岁时候的模样。事实上，大多数人都没法分清我们俩的长相。

草地的右手边长着一棵参天大树，繁茂的枝叶低垂，几乎触到地面。小男孩径直跑了过去，轻轻摩挲树干。

尽管树皮表面粗糙不平,摸起来却叫人安心。小男孩瞅了瞅自己的掌心,像是要为其命名,嘴里低声咕哝了一个词,"生命"。紧接着,他又开始绕着树干仔仔细细端详,发现一道垂直的裂缝,貌似一只竖着的眼睛,裂缝周围的区域显得更加光滑、明净,就好像树干试图褪去自己的树皮,想要赤身裸体。

就在这时,一阵突如其来的噪声打断了清晨的这一奇异景象。那是一架不知从何而来的直升机,在阿弗雷城的云端盘旋。客观现实想重新夺回自己的领地。

巴多睁开双眼,回过头,却被眼前所见吓了一跳,忍不住发出惊叫:小男孩就站在他的跟前,是那么栩栩如生。

我弟弟揉了揉眼睛,尝试稳定情绪,也是出于恐惧,他决定继续紧闭双眼。他可以感觉到阳光的移动,眼前时明时暗。但在他的脑海中,那个景象依旧挥之不去。

小男孩被拔地而起的现代建筑所围绕，那座城市像是柏林。夜幕降临，亚历山大广场被红、黄、蓝色的霓虹点亮。有轨电车在满是玻璃幕墙的楼房间无声穿梭。这个地方与欧洲其他商业大道别无二致，死气沉沉。小男孩的左边有一家大型影院。而他朝右走去，来到一家餐厅的门前。他既不渴也不饿。这时，身后传来翅膀的拍打声，他不由得转身望去。

一只白色的大鸟正飞向天空。小男孩跃起身，想够上大鸟，不曾想自己竟也飞了起来。

起初，还只是飘浮在离地面不远的半空，渐渐地，飞得有几百米高，直入云霄，来到整座城市的上空。在他身边的层层云朵间，竟出现了成排成排的书。他正置身于一座巨大的空中图书馆。当他低头往下看时，才发现双脚正踩在一块木地板上，就像踏在野外的树干上。

小男孩弯下身。每一本书都深深吸引着他，可他预感到，如果他继续移动，这个地方将不复存在。正这么想时，地面瞬间崩塌，书本也旋即灰飞烟灭。

场面陡转,小男孩来到某个古代战场。

眼前横尸遍野,长矛和剑歪斜着散落一地。战士们打得不可开交,嘴里还在不停咒骂。他们中有的人蓄着大胡子,有的人则把脸剃得干干净净,还有的戴着头盔。实际上,他们根本不知为何交战,这就更加剧了他们的怒火。小男孩就站在这场杀戮的中心,箭嗖嗖地从耳边擦过,如同尖利的钻孔声。一匹战马失去重心,缓缓倒地。周遭尘烟四起。

一切再次消散在风中。随之而来的是无限寂静。

在这片无名之地,小男孩松了口气。他看起来还不到5岁,却好像历经世事,仿佛在这世界已生活了很久,身体在衰老过后又返老还童。他懂得喜悦和等待、欲望和背叛、奴役和自由。所有这些情感似乎彼此纠缠,亘古不变的情感中存在某种共通的错觉,即当我们用坚定的目光凝视它们时,真实世界便会粉身碎骨、分崩离析。

巴多终于鼓起勇气睁开眼睛。

还没等他将目光转向花园,便发现了那个幽灵男孩的身影,就在他的右手边。

他心想,这可能只是他自己灵魂的显形。我弟弟一路摸爬滚打着成长起来,有时看起来和树皮一样饱经沧桑,但有时又像孩子般天真无邪。窗外,在阳光的照耀下,玫瑰花丛的叶子宛如无数小镜子,闪闪发光。巴多转过头。小男孩身着一件蓝色马球衫和牛仔裤,他的装扮。和他的面容一样,透出一股不同寻常的睿智。他望着我弟弟,既没有笑,也不带丝毫敌意。

他的目光仿佛在说,他有一个迫切的请求。

巴多不再害怕,这个距离他1米远、沉默平静的小男孩,既不像是某种病态思想的产物,也不可能是悲剧的预兆。我弟弟注视着他好一会儿,然后不紧不慢地问道:

"你叫什么名字?"

"我叫贝纳尔多,和你一样。"男孩用坚定的语气回答。

巴多愣了一下,有点害羞红着脸问:

4 成为巴多以前

"你是我的灵魂吗?"

男孩没有作答,好像在思考。他在房间里默默转悠,随后走进厨房,在餐桌上看见了一本书。那是巴多最近早餐时刚开始读的一本书,赫尔曼·布洛赫的《梦游者》,故事就发生在柏林。不过,我也记得,他曾经去过亚历山大广场,在一个冬天的晚上。那是好几年前,就在他和奥菲利亚分手后不久。他告诉过我,他觉得那地方就像"孤独产生的全息影像"那般令人忧郁。

此时此刻,幽灵男孩离巴多2米远,站在卧室的门口,逼真得可怕。我弟弟浑身发抖,不禁后退一步,下意识地拿起了书架上的一本相簿。有一张泛黄的相片正巧夹在相簿的最初几页。

如今,这张相片在我的手上,那是我父母在33年前拍下的。只见沐浴着阳光的草坪上,一棵大树旁,有个酷似幽灵的男孩——那正是成为巴多以前的贝纳尔多。

5
一切皆有原因

我如此刻意地安排章节标题和结尾,也许会让你感到讶异。我的角色更像是某出戏的导演,本应隐于幕后,愈朦胧愈美丽,犹如从我初来乍到的这家酒店窗口望去的那座大型工业烟囱里冒出的烟。然而可惜的是,我没能遵照这种做法,反而成为疾坠的雨滴,竭尽全力渗透每一个可能的缝隙,生怕自己蒸发不见。

2010年7月25日。我离开维尔纽斯,一座散发着中世纪余韵、带着落寞笑颜的漂亮城市。那儿的巴洛克式教堂和沿街的树木,都是一副欲与未来交战的模样。我搭乘的巴士在树林与田间行驶了几十公里，终于在昨天抵达波罗的海脚下的幽灵之城——克莱佩达。此时的我，正在港口边的一间旅店内，惴惴不安地写下这些。明天，我将搭船南下，经库尔兰地峡，一段嵌于两海之间的沙丘地带，一路去往奈达镇。但愿能在那儿找到那个红发尤物。

历经了酷热难耐的几日颠簸，我终于感受到一丝与欧洲东北部相衬的清凉气息，这里仿佛远离当代世界，自成一派。我一路追寻奥菲利亚至此的理由多少有点站不住脚：7月13日，她通知汉堡警方将会离开大约1个月，随后坐飞机前往维尔纽斯。我发现她和她的旅伴（没错，她并非单独旅行）在莎士比亚酒店待了两晚（这是我在这座小城市50多家旅店一一查阅入住名单后拿到的证据），还让酒店前台为她在奈达镇预订了一个房间。

直觉告诉我，她应该还在那儿。不知是否被一种过分的自信冲昏了头脑，我刚给她的手机发送了一条短信，告诉她我在哪儿，并让她等着我。她会回复吗？又或者她会逃往别处？

我满腹怀疑，更何况当我得知和她在一起的旅伴是谁时，着实吃了一惊——那是一个小男孩。

昨晚，我在克莱佩达冷清的街道独自晃荡。有个萨克斯风手吹奏着伤感的乐曲，令这个往昔的日耳曼中心更显凄迷。走进一家名为"海明威"的酒吧，木质装潢，颇有些年头，是最近才改的这个名字。据说1939年希特勒曾在这里用过晚餐，而如今，这里"酿制"的是不断循环播放的流行口水歌：比如夏奇拉、嘎嘎小姐①、麦当娜，还有其他一些艺名以字母A开头结尾的妖艳女艺人。这让我重又想到在维尔纽斯获得的线索，看来我是选对了路。

时间已经很晚了，我在陌生的街巷里徘徊，试着穿越这座属于我的中世纪迷宫，却一不小心迷了路。忽然，在距离克莱佩达大街和瑞福马泰公园不远处的一面破墙上，一个涂鸦吸引了我的目光，那是一个形似数字888的图案：

莎士比亚和888次呼吸——那是在巴多和奥菲利亚的浪漫爱情下诞生的伟大发现。我在之后会告

---

① 嘎嘎小姐（1986— ），美国流行女歌手、词曲创作者、慈善家、演员。

诉你个中细节，或许这将解释幽灵男孩的神奇力量……

但还是让我们先把镜头移回"温斯顿先生"酒吧，这个跨越2010年4月20日与21日的午夜，距离我弟弟去世还有不到25天。听着巴多的叙述，我开始思考，我弟弟会不会真的有点精神错乱：

"巴多，我在想，你会不会是有那么一点发疯了？"

他神色紧张。我感觉自己不该再拿这事开玩笑了。疯狂究竟是什么？失去理智最严重的情况，是否是被巴多称之为"自我毁灭"的状态——一种由无法控制的冲动裹挟的对于普遍意义的破坏？在巴多众多的手稿里，我找到了最后一本笔记簿，其中他这样写道：

这是美丽的疯狂，它明白周围的世界正在发生什么，百无禁忌地提出自己的见解，随后以一种不合时宜的姿态浮出水面，在这个过度健康的环境内逐渐解体，像是来自非理性世界的一个赌注。

这是一场危险的游戏，有朝一日，将会诞生不少赢家，而游戏本身则化为社会的废墟。我们的欲望之上，生命总在不断上演。

在我眼中，人类社会构成了竞技场，形形色色的人物相继登场（无视查禁制度与束缚、奋起与自我毁灭对决），其中有些尤其迷人，仿佛是奇绝的天使，凭借非凡的忍耐力，与现实原则针锋相对，并将挫败现实。

奴隶的梦里没有人会获得自由。他告诉自己，有些人就像慷慨的黑洞，吸收时空以从根本上缓解痛苦，再如同可能之花绽放般，吐露羁绊。

4月21日，"温斯顿先生"酒吧，时钟指向深夜2点。我放下手中的柠檬汁，镇定地注视着巴多的眼睛，安慰他说：

"不必太过担心，一切皆有原因。"

6
生命的美好转瞬即逝

幽灵男孩两眼紧盯着相片,好像要从中看透奥菲利亚的个性。接着,他一脸认真地望着我弟弟,说:

"你真的爱过她吗?"

"比任何人都爱。差不多持续了一年。她曾是我的恋人、我的挚友,我的敌人,也是我的妹妹。从没有一个女孩让我如此强烈地想和她共育儿女。那像是某种本能。但是,她并没有那么爱我,何况她当时才20岁。有时,本能也会犯错。"

男孩脸上掠过一丝微笑,把相片轻轻放回原处。他走近厨房的玻璃门。花园里阳光灿烂。透进

房间的光束,在他身上闪耀着强烈的光芒。他没有回过头,只是嘴里嘀咕着:

"我能去花园里吗?"

巴多望着男孩就那样穿过门,走了出去。巴多的目光追随着他的身影,看得出神,然后决定还是去浴室好好冲个澡。

"当你洗完澡出来,他还一直在那儿?"虽然我早就猜到了答案,可还是借着"温斯顿先生"昏暗的灯光,这么问道。

巴多点点头,说:

"后来我开车去上班,他就坐在副驾驶座。"

每个工作日下午,我弟弟都会去建筑事务所工作。可那天没有一个人发现幽灵男孩的存在。小男孩在办公室里安静地走来走去,露出好奇的神色,身体仿佛是多汁的果冻——这一切唯有巴多一个人看得见。他难以集中精神工作,甚至看到有个女同事穿过了小男孩的身体,她好像是感到一股气流般,短暂地停留了一下。

6 生命的美好转瞬即逝

夜色降临,当我在菜市场①的一间露天咖啡馆,和某个刚认识的姑娘聊天时,巴多在圣日耳曼区的一家小餐馆。和一对夫妇朋友共进晚餐——他们刚在路上偶遇,当时巴多正独自在路上闲逛,试图弄清自己身上到底发生了什么。小男孩看着他们吃饭,在座的除了我的孪生弟弟,没有人看见他。当天晚上近11点时,大小贝纳尔多离开了巴黎,准备驱车回阿弗雷城。即将午夜,巴多已开到塞夫尔,却在那时给我打了电话,决定折返。

《四月巴黎》②:明媚的阳光复苏我们的欲望,融化我们内心的坚冰。我的身体渴望美好的惊喜,单身一人的漫长冬日叫人寂寞难耐,我仍能感受到沉重苦涩的余味。可4个月前,我还是个无忧无虑的潇洒小伙,甚至可以说,我曾是世上最幸福的人。我是如此幸运,有一个人可以信赖依靠——他从不会让我失望,从不会被愚蠢的恶魔绑架;他始终如一。而现在,孑然一身,我眼中的世界只剩游移不

---

① 巴黎市中心街区。
② 20世纪30年代的百老汇名曲,1952年同名歌舞电影上映。

定的目光和触不可及的存在。还有谁能够指望？我厌恶自己写下这些，但若不这么做，又常常感到被人撕扯肉体般痛苦。我父母很担心我会做出什么傻事，可他们每天给我打电话，只徒增我的悲伤。有时候，我真希望自己可以停止呼吸。是巴多的那张明信片拯救了我，使我能够一直撑到现在，让我坚信他的死必有所意义，而这意义有一部分取决于我。

为何我相信奥菲利亚会在奈达等我？看到我的短信，她也可能决定带上那个孩子重新赶路。也许在两片海洋之间的这座沙漠与森林，我们搭乘各自的巴士，彼此错过。

我把行李丢在红蓝木屋旅馆的房间，垂头丧气地踱步到海边。在白色细沙上席地而坐，面对着一根巨大的枯树枝。再也没有什么可以让巴多起死回生了吗？我头昏脑涨，再次陷入回忆。

4月20日夜里将近11点，就在接到弟弟心事重重的电话前，我还身处菜市场街区蜿蜒的街道——这个历史悠久的街区，面对几何化都市更新带来的破坏奋力抵抗,但坚守的结果并未在此营造出纯粹的艺术氛围,相反,这里星罗棋布的是那些我们这辈子都不会去住的特色酒店。此刻,我正坐在古庙街的哲学家露天咖啡馆,含情脉脉望着桌对面美丽的安娜贝尔深邃的蓝色眼睛。我们才刚刚认识,这个美人的意外降临,惹人心动,但她难以捉摸的性格又叫我望而却步。

我并不觉得自己会和她上床——尽管她看上去易于相处,但对我而言,还是太过阴郁了。她问我有没有朋友、喜不喜欢里斯本,还有,我是不是个像唐璜那样的风流浪子。最后这个问题,让我忍不住大笑。我看着她,她一头黑色鬈发,长着一张病态美的娃娃脸。

"唐璜和卡萨诺瓦有什么区别?"我反问道。

她装作对我的提问很感兴趣的样子,但很明显那并非她的本意。我看得出来,她是个患得患失的人。为了不扫兴,我继续说道:

"唐璜是个勇士,而卡萨诺瓦是个文人。"

安娜贝尔露出心不在焉的笑容,说:

"我想，我从没爱上过谁。"

这真是个有意思的女人，即便这种感觉转瞬即逝。每一天，她都在自己脸上画上或痛苦或轻快的表情。终于，在喝下第三杯桑塞尔白葡萄酒之后，她用满含真诚的目光望着我，说：

"我常常想到死。每时每刻。你在创造什么时，也正是你想要杀死某个人的时刻。"

巴黎的文艺泡沫中间，这种对死亡病态的贪恋，听起来实在有点假。还有觥筹交错的风气（这在西方极其普遍，可以陪伴一个人的青春期直至老死）。巴黎的这些青年男女动不动喝得烂醉的样子，实在让我深恶痛绝；和巴多一样，我几乎不吸烟也不沾酒，相比各式各样的毒品，我更喜欢点上一杯鲜榨柠檬汁。巴黎这座"盲城"，是一个喧嚣嘈杂的"奇迹之殿"。这里的人们，有的圆滑世故，有的人面兽心，总是不可理喻。巴多喜欢用一些混合词，我曾听过他在身边的窃窃低语：

"我们真的需要重建文明，用另一种方式，区别于普遍存在的'荷谐'①方式。"

他的确渴望一种改变,以异教的方式重新神化人类。他过去常说,我们是多么需要和"次动物性"或"次理性的生命活力"重新联合。大多数情况下,我可以凭直觉理解他想说什么。但我不曾拥有和他一样的坚韧性格和有催眠之效的精神定力。面对生活的逆境,我常常在意识之间蹦来跳去,仿佛一棵没有泥土根基的矮灌木,或是一个在游戏之间玩这玩那缺乏耐心的小孩。

波涛涌动的波罗的海重又勾起了我最后的美好回忆。为了给我和安娜贝尔之间的对话增添一些调味料,也是受到桌上"哲学家"菜单的启发,我提议不如一起吃消夜。她皱了皱鼻子表达婉拒,可见,她并不太喜欢在陌生人面前吃东西。

"你可能会以为我是厌食症患者。我只是觉得,在他人面前吃饭,是最后一个还没被列入名单的禁忌。"

---

① 作者在此结合了"hormone"(荷尔蒙)与"harmonie"(和谐)两个单词。

我有点懂她的意思；无论如何，她的与众不同使我大喜。不过，我还是告诫自己，这个女人太多愁善感，也太自命不凡，我不必真的上心。一阵尴尬的沉默弥漫在"哲学家"露天座的上空。

"这世上有三层基本真相。"我冷不丁地说了这么一句。喝一口巴黎水，用狡黠的口吻继续道，"第一层：生命是纯粹的享乐。"

她若有所思的样子，突然激动地说："你是想说，我的焦虑不安只是庸人自扰吗？我讨厌别人看轻我的痛苦！还有，你可不可以别再装出一副狂妄自大的样子？"

我面不改色地继续道：

"这和你的生活经历无关，而是和大写的生命有关，这是一种生命能量，是富于创造力的伟大生成。你不会告诉我你从不知道这些概念吧？"

她露出了孩子般的思考神情：

"好吧，当我在弹钢琴或画画时……"

"有许多方式可以保持与生命无限接近，其中之一，根据莎士比亚的说法，就是在888次呼吸的时

6 生命的美好转瞬即逝

间里,四目相对。"

"这看起来时间很长……"

"是的,差不多有1个小时……"

"这个说法的依据是什么?"

"这是我弟弟发现的一个秘密,是6年前他和他的红发公主一起经历惊心动魄的冒险时发现的。"

"快说说……"

"晚些告诉你。先来说第二层真相:个人意识要随时随地保持集中和开放,方可与生命产生联结。秩序与生命力辩证相关;然后是第三层真相:人类需要一个单一轴线,才不至于陷入慢性混乱之中。"

"因此,我们从没完完全全活过。"

"一点没错。人类只是在以最大限度的生命力,不断接近内在的纤维组织。不然,我们会发疯。我们的意识将四处散落。"

"或者被鬼魂附身。或是彻底死亡。"

"换个说法,就是超存在。"

"内在纤维组织是不是也会经过'哲学家'咖

啡馆的地下?"

我笑了,我喜欢和女孩们瞎聊。

我深吸一口气。眼前的安娜贝尔顿时变得耀眼迷人。这场在"哲学家"露天座不知上演了第几回的调情戏码,难道正要演变成一次浪漫邂逅吗?

我凝视着安娜贝尔,尽力捕捉她的目光。而她似乎已经神游到了别处,这并不是我期望看到的。

2010年4月20日,即将跨入午夜时,我的手机开始振动。

那是巴多,电话那头的他惊慌失措。生命的美好总是转瞬即逝。

7
再见她一面？

空气中是否有某些无以名状的东西，推着你放手一搏？我决定在库尔兰地峡的奈达镇继续逗留一阵，在这片长久以来被视为异端的沙丘与树林间，享受难得的宁静——这里曾是欧洲大陆最后被基督教教化的地区之一。在这儿我能做的无非是散步、放空，或者追忆往昔。奥菲利亚会不会是为了保护我，才对我避而不见？如果恐惧是一间终究无法绕开的房间，不必惊慌，我会不紧不慢地逐级而下，打开房门与它正面相迎。

只是，我猜不出来她还会去哪儿。也许她正动身离开立陶宛？于是又给她发送了一条短信："我永远不会放弃真相。"

我和弟弟虽说是双胞胎,但有时候,我们的处事方式有着天壤之别,如同流星和地震、乌鸦和知更鸟、艺术女神缪斯和森林之神萨提尔。一直以来,我们的母亲都把他看作感性浪漫的多情种,而我只是个容易相处的普通人,虽然她也知道这样的二分法过于绝对,但谁让她就是乐于分门归类的那种人呢?说起来也没错,巴多有时会将自己的恋情置于危险境地,尤其是和奥菲利亚在一起的时候,而我对待感情更为谨慎。

有时也会觉得命运喜欢在爱情方面捉弄我,我的每一段感情几乎都无疾而终。当然这或许是因为我太多疑,又愤世嫉俗;这也是为何我十分钦佩巴多,他总能为另一个人点燃不灭的热情。尽管忧郁的阴云偶尔也会笼罩在他心头。可能是一种无来由的负罪感,抑或是来自对死亡的预见,但至少,他拥有对生命本质深层的洞见,而我容易被事物的表象蒙蔽双眼。我们常常和某个被巴多称之为"超感

7 再见她一面?

现实"①的瞬间不期而遇,那是一种变质的生命熔岩,可以产生源源不断的创造力,我们却在海报、标签和包装之间对此视而不见——正如这幅照片,那是巴多和奥菲利亚一起从伦敦前往牛津(那儿住着她的父亲彼得·洛夫莱斯)的途中,用镜头捕捉到的一个陌生老人。

相片的背面,巴多这样写道:

我们习惯了适应旧时代既有的一切,然而在真实尽头的另一端是否确实已别无所获?

准备好吧,去迎接一个日常规范以外全然不同的世界。单调干瘪的那些必将于土下终结。

有时智力会被认作是其所揭露的现实的帮凶,即便隐约感到机械无意识的种种荒诞,仍无动于衷。

我们出发前往未知的疆域,去征服每一处边境。

除了对再次降世为人的渴望,这世界的一切

---

① 法语"Créel"或英语"Creal",为"créer le réel"或"Created Real"的混合词,是作者的一个哲学概念,意为存在于苍穹之间不可见的能量磁场,由此被创造的现实瞬间。

于我们已无关紧要，这种渴望是深植于心的一道闪光，如同逮住一个魔鬼般摄人魂魄。

默默祈祷间，画面悄然浮现——那是我们的未来，是用坠落和偏差犁出道道条痕的无垠旷野。

"偏差行动"这个词对巴多而言，意味着巧合的艺术。有点像是这个早晨，2010年7月27日：我在奈达镇与海滩之间的松林里漫步，为了不让悲伤和沮丧占据头脑，我不停想着"生命"这个词，顺道捡起一枚尖头树枝，漫无目的地将它掷向空中，内心出奇的平静，什么也没想。这个动作，如同奉上祭品，又像是自我放逐。然而我没有听到它掉落的声响——事实上，它的尖头恰好挂在了另一根更细的树枝上，于是，就那样垂直悬于半空，距离地面有1米的高度；我想，没有任何一个投枪手可以做到这一点。这个小小的奇迹令我再次感到一丝宽慰。我在森林里就地坐下，眼前各种画面如同走马灯逐一涌现。

再次回到2010年4月21日的深夜，那时临近深夜2点。自始至终我都没能看见那个幽灵男孩,直到服务生提醒我们"温斯顿先生"即将打烊。我提议送巴多回家,然而,他想一个人走,和他假想中的流动的幽魂一起,并且坚信第二天这个幻觉将会消失。于是,我只得陪他到他的菲亚特500跟前:

"你真的不想我和你一起回去吗?"

"别担心,明天一早我会和你联系的。"

"那你可别因为挟持未成年人被捕啊。"

几个小时后,当巴多醒来时,天刚蒙蒙亮,他迫不及待地打电话告诉我,小男孩不在了。听起来他似乎松了一口气,但又隐隐透出一点失望。小贝纳尔多的显现令他心神不宁,难以安睡。也许他正在思考,之所以会遇到这等怪事,是因为最近这几年来,他每个下午都在建筑事务所消磨时光,怠慢了诗歌。他是一个误入歧途的人、一个打着幌子的诗人吗?是否在和奥菲利亚决裂之后,他变得太懂事明理了?那天早晨他边吃早饭,边怀疑自己是否已经放弃了"童年的梦想"。不过,这种说法可能并不准确;毕竟在5岁的年纪,你对这个世界还懵懵懂懂，又怎会想到要去改变它。

早饭过后，他穿戴整齐准备出门。沿着墓地缓步走，绝不曾料想过几个星期后自己将被埋葬于此。穿过森林，一路来到了500米远处放养种马的草场。这里散发着某种安宁祥和的气息，也许是因为几百年来都受到此地一座本笃会修道院庇护的缘故。和往常一样，巴多倚坐在马场外的白色围栏上，注视着这些马匹。一直以来，马儿们本能地咀嚼青草的模样总能安抚他的内心，同时也让他感到一丝无奈。我弟弟想起来，大约5年前，那是2005年的5月，他也坐在同一处的围栏，和奥菲利亚一起，就在他们分手前不久。

突然传来一声轻轻的"早安"，着实把他吓得不轻。2010年4月21日的早晨，幽灵男孩再一次浮现，他坐在巴多身边，穿着一件半透明的T恤。始终是那双坚定的目光，声音微弱却有力：

"你在想她。"

一阵条件反射式的战栗袭来，可同时，小男孩重又现形也令巴多感到难以名状的喜悦。毕竟，如果他的确正在发疯,这种打搅还是可以接受的,小贝纳尔多是个好伙伴。

有两匹马朝围栏这儿靠了过来。我弟弟发现它们似乎可以看见幽灵男孩,甚至在他伸手抚摸它们的脸时,露出享受的神情。看起来,这些动物对他颇有好感。巴多鼓起勇气,问道:

"你是我的灵魂吗?"

"和我说说你们是怎么相遇的吧。"

"为什么你对奥菲利亚如此感兴趣?"

"她是你最爱的女人吗?"

"没错。"

"那么讲讲吧……"

顿时,我弟弟回忆起了一切。他们初次遇见的那个晚上,他差点就丢了性命。那天他在星形广场的车流中狂奔,差一点就要被川流不息的车撞倒:

"那段时间,我过得一点都不好,我有点抑郁。除了我的双胞胎哥哥,我没有一个朋友。这个世界在我看来越来越虚伪,充斥着熟睡的人们,我大概也是其中一员。每个星期一夜里,我都会登上凯旋门，想找到属于我命运的方向。这个小小的仪式让我免于依赖药物或去看心理医生。这个地方可以让我重新振作，尽管我也孤独，但也许是因为名字的关系，我更多联想到了生命的凯旋，而不是拿破仑战争的胜利。我遇见奥菲利亚的那个夜晚，才刚刚有点春天的感觉，那是3月的一个星期一。"

说到这儿，巴多停顿了一下，那时，马儿们为了寻找新鲜的草，已然走远。由于惊讶，他没有再想，但前一天晚上醒来，还躺在床上，小男孩第一次出现的几分钟之前，他却感到前所未有的意识模糊。倏忽间，仿佛是来自对救赎的承诺或欲望，好像有一条闪光的绳子出现在他眼前。他立刻认识到必须与这条通向天空的绳索融为一体，因为他隐约感到，这象征着他身上最好的那部分，是问题的核心。于是，不多久后，他写下了这几行诗：

宽厚仁慈

皆已深眠

为何还要歌唱？

7 再见她一面?

为了攀上高处

就在那一刻,小男孩第一次现身。

"喂,你不继续讲了吗?"小淘气问道。

巴多跳起身,继续散步,他的身后跟着小贝纳尔多,两人手拉着手。我弟弟直直地望着前方,再次诉说那场相遇:

"那天我刚走到通往凯旋门楼顶的螺旋梯脚下。尽管我看起来只是个普通路人,但可以想象我一脸阴沉,目光涣散。几乎在同一时刻,在巴黎的另一端,一个高挑身材、火红头发,拥有一半英国血统的女孩正在拉雪兹神父公墓,手捧一束红白双色玫瑰。那是布罗塞利昂德①玫瑰。"

幽灵男孩用心听着。他们俩沿着墓地尽头的圆弧小径,缓缓走进森林深处。

就这样,我弟弟习惯了小男孩的存在。尽管小贝纳尔多始终拒绝透露自己究竟从哪儿来。有时候

---

① 法国布列塔民地区的传奇森林。

他会消失好几天,然后在巴多想念奥菲利亚的时候重新露面。然而,2010年5月7日,幽灵男孩不再满足于巴多的故事了,他提议说:

"你为什么不去汉堡,再见她一面?"

8
偶 然

人的一生中,从来不存在某个孤立特定的点,但如果在巴多和奥菲利亚的故事中不得不找一个起点A,那只能说凯旋门是这一切的开始。2004年3月的这个晚上,我弟弟神色沮丧、眼神迷离,刚刚爬上金属台阶——螺旋上升通向凯旋门的天台。从这座"繁星海角"望去,可以向四个方向远眺这座都市的地平线,希冀从这个制高点发现北极星。

是醉心于"一览众山小"的感觉,或是肯定在这个平台绝不会撞见熟人,想体会这里意味深长的胜利含义,还有可能是想身体力行富有生命感的仪式,但无论如何,所有这些都不足以解释为何巴多要在每个星期一的晚上来到这里：也许他需要将自己重复暴露在一个随时可以一跃而下的空间，借此克服他头晕的毛病。因为他身体内的某一部分痴迷于虚无，甚至被自杀的念头所诱惑，渴望听任重力的召唤。位于凯旋门顶端，参观者距离坚实的地面有50米，而彼此之间仅靠一些竖着的栏杆作为保护，身手敏捷又心思果断的人瞬间就可跨越过去。

那个晚上，巴多离这防护栏仅仅半步之遥，他本希望自己可以更坚决一些。他看着下方的柏油马路，汽车似乎只有巴掌大小。纵身跃下的可能扰得他心烦意乱，这个动作如此轻而易举，却又无可挽回。我们的一生中有太多类似的时刻，毁灭和挫败仿佛总是触手可及。相反地，想永远保持兴奋和惊喜，或是达到不再重犯的神圣境界，却难上加难。

巴多望向更远的地方——目光从罗浮宫的玻璃金字塔到香榭丽舍大街，再从协和广场，落回凯旋门脚下。他自腹部深处呼了口气，将惶恐之情驱逐体外。如果曾有人对他说"你有自杀倾向"，他很可能矢口否认。不过那时那刻，仅仅是看着周遭的一切,或是点燃一根香烟,他都会时不时感到惊恐,这其中还夹杂着无来由的罪恶感,仿佛宇宙时空的一场悲剧正到处蔓延。抑或,他突然发现自己几乎再也无法发自内心去欣赏什么了,一切事物都顺着笛卡儿平面坐标系趋向于扁平。

从凯旋门的高处眺望,他再次发现路上的行人看起来是何等不堪一击。而他自己也变得微不足道。他之所以会有纵身跃下的冲动,也许出自一种内心需要——一种重新定位自己的渴望,以一种更适度的标准,重新定位自己的愿望?或许他应该降低自己的期待和野心,脚踏实地?变得更现实,抛弃自己的理想?年轻的时候,我和弟弟喜欢交换各种名人传记故事,里面多多少少有我们自己对那些伟人们添油加醋的想象——我心目中的大师是麦哲伦,而巴多的大师是莎士比亚。

我记得在他遇见奥菲利亚的前几天,有关莎士比亚的一部全新传记才刚面市,摆放在某家书店的显眼位置,立刻吸引了巴多的目光。这是一部600多页的鸿篇巨制。但作者在每个章节中增加了过多细节，极尽发散思维，煞费苦心地揭示有关莎士比亚之谜的各种推测，可谓事无巨细，以至于当代的读者很容易被如此规模的细节海洋所淹没。然而，其中仍不乏一些精彩片段。例如，有传言说，《罗密欧与朱丽叶》曾经存在一个原始版本，因带有异端思想遭到伊丽莎白一世时期的教会查禁，而真正的原因在于其中蕴藏着一个惊世骇俗的秘密。传说书中有关劳伦斯神父的人物描写被删减了三四行，而这其中就包含了与另一个人对视888次呼吸之久的内容。

这部传记的作者没有再多透露什么，然而，在2004年的3月，这冥冥中的暗示却让我弟弟陷入了苦思，因为从未有过一个女人望着他的眼眸深处，对他说"我爱你"。事实上，他觉得自己生活在一个女人再也不说"我爱你"的时代。

巴多再次朝脚下望去，视线渐渐模糊。忍不住蜷起身子，一阵忧愁涌上心头，他感到深深的脆弱与无力，像是遭到了某种不公正的待遇，似乎被抛弃在社会之外。如果还想要保留尊严，有一个声音告诉他,就必须全身而退——彻底消灭自己——既然这个世界不适合他,那就去另一个更好的世界。眼泪在他的眼眶里打转,他两手紧紧抓着金属栏杆,心里念着"凯旋门",表情痛苦。

他回过头,注视着一对对恩爱眷侣不停地照相留念。也许他们想借助这些不变的影像档案聊以自慰,提醒彼此不是幽魂,而是真实存在过。殊不知,他们对相片的言听计从,实则是为自己的蒸发过程加一把力。这是他们感到自我存在的最后方式:通过摄影的视角看待世界,也就是说,通过怀旧。不知怎的,虚无感不再,我弟弟决定回到地面。几分钟之后,他已经走在了凯旋门附近的环形人行道上。

就在那时,他发现了她。

她骑着一辆黑色的大自行车,正从瓦格拉姆大道骑向十字路口,脸色微微泛红,火红的长发时不时被风吹起,遮挡住她的眼睛。踩自行车时她的背挺得很直,距离巴多越来越近。她是那么可爱迷人,浑身散发着夕阳余晖的光芒。

他们的眼神刹那交错,这惊鸿一瞥让巴多激动不已。可转眼那女孩已经骑远。巴多的内心闪过一丝犹疑,旋即不管不顾地追上前去,路上疾驰的汽车、此起彼伏的刹车声和喇叭声,所有这些都无法阻挡巴多——我们只看到一个忽然陷入狂喜的傻瓜,在这座城市最危险的广场上撒腿狂奔。终于,他赶上了那部脚踏车,为了臭显摆,他开始面朝女孩倒退着跑步,边跑边兴奋地大声说:

"你好啊!"

"你好。"

她回答的口气拒人千里。巴多喘着气,继续道:

"你要去哪儿?"

"哪也不去。"

"那你从哪儿来?"

"拉雪兹公墓。"

"为什么?"

"我的孪生姐姐在那儿。也可以说,她再也不在了。"

巴多放慢了脚步,转身和她以相同的方向前进。一个司机在狂按喇叭。女孩从自行车上站起身,似乎准备远离我弟弟。就在那一瞬间,巴多冷静下来,大声喊道:

"告诉我你的名字!"

她也放慢了速度,迟疑片刻,然后说:

"我和《哈姆雷特》里自杀的女主角一个名字……你呢?"

"我……"

这时,奥菲利亚停下自行车,盯着巴多,巴多的眼睛里满含泪水。她笑着说:

"下次再告诉我吧。"

说罢便消隐在黑夜中。几天后,他们俩再次偶然相遇。

9
我很危险

这3个月来,我常常拿起巴多最后寄来的那张明信片,反复端详背面印刷的赫诺普夫的面具,好像这带翅膀的脸庞就是我孪生弟弟的脸,眼神里交织着孤独与期许。我和巴多的关系是那么亲密,以至于和他一样,我几乎没有朋友。在家翻译的工作也让我没法认识同事。巴多死后,我第一次出门重返巴黎社会,已是2010年6月2日。

我和父母一起吃完他们回葡萄牙前的最后一顿晚饭时,接到了一个熟人的电话,对方竭力说服我去参加一个文学颁奖晚宴,认为那样可以分散一下我的注意力。来到"滑稽戏"酒馆,我隐约认出了

9 我很危险

几个我为其工作过的前辈作家。出版界虽不比其他领域更可恶,但也绝对好不到哪里去,这里有的是自命不凡的酒鬼,或时刻打着自己小算盘的势利小人。当然也有一些执着的家伙,尽其所能试图让诗歌和思想超越单纯模仿的高度。

有一个瞬间,我发现自己站在酒馆的中央,孤零零的。我被周围的喧哗声淹没,开始感到不适。餐馆主人端上了一盘盘寿司。当我意识到在这个冷漠又丑陋的地方,将再也看不到巴多微笑的身影,一阵恶心袭来。整个世界无非是一块牛皮纸做的装饰。我准备溜了。

忽然一个女人踩到了我的脚,差点跌倒——那正是安娜贝尔,自从"哲学家"露天咖啡馆的一面之缘后,我们再无联系。我打量着她,想要找到合适的开场白:

"谢谢。"

"抱歉,你一定觉得我是成心的。你好像要哭了,把你弄疼了吗?"

"没有,没那回事。"

"那是怎么了?"

"我对寿司过敏。"

我们四目相望,她比上一次看起来更光彩照人,在略显冷淡的外表下,散发着一种令我惊喜的天然气质,让我觉得安心。我本可以与她相拥而泣,但我没有,而是保持沉默。她告诉我要去"找一个朋友",于是,又多了一个还没能走进我生活就离开的女人。

我离开酒馆,没有和任何熟人打招呼。大约半小时后,我回到阿弗雷城的花园里,沉入夜色中。我抬头望天,点点繁星闪着微光,然而没有一丝希望。因为我清楚,明早又会满怀悲伤地醒来,有种比任何时候都强烈的感觉——也许我再也不知何谓纯粹的喜悦。真的能接受这样半死不活的自己吗?

一个半月后,在这座与世隔绝的立陶宛半岛上,这股悲伤始终在那儿,无论周围的景致有多么抚慰人心。我极力抑制自己,然而有个念头总是不断浮现:如果思腾舒兹地铁站的那个球迷并不是凶手?如果这个事故是一场预谋已久的自愿行为?

我弟弟从未和我提起过和什么人结怨到如此地

步。明天，我会再打一次电话到汉堡警察局，尽管我开始认为他们将永远找不到肇事者，而我也可能永远无法找到奥菲利亚。

当她走进巴多的生命时，她眼睛深处有一种——如果可以用我弟弟的一首诗来表达的话——"影子部队战士脚下低声咆哮的火焰群山"的感觉。她向来非常情绪化，因为她总是禁不住去憧憬每时每刻都令人兴奋、给人惊喜的生活，渴望最终证明命运是眷顾她的。也许对她而言，这是一种逃避的手段。

遇见我弟弟时，巴黎对她来说还是一片崭新的土地，一个流放地。她渴望有个人可以拯救她，让她远离满腹怨恨的自己：她不得不欺骗。

巴多只能一点点了解她，以牺牲自己为代价：奥菲利亚口中的一半故事要么是经过改编，要么是凭空捏造。如果他能早点发现她的疯言疯语，或许就不会爱上她，然而直到他们一起前往葡萄牙后，他才了解她热衷混淆虚构和真实，那是她的天性。但那时，他已经深深爱上她，萌生了同情心。显然，在巴多看来，她不受控的"谎言"是无意识的，几乎是种精神疾病，是一个反复出现的事故，并不能反映奥菲利亚真实的内心。她撒谎并非出于无聊，也不是为了打赌或因为想象力过剩，更不是为了表示轻蔑。她这么做，也许是属于她的某种反抗，反抗那个她讳莫如深的暴力的过去。我相信，巴多之所以会爱上奥菲利亚，是因为她给他提供了一个机会，在与欺骗对抗的过程中争取爱情的胜利。他死前成功了吗？也许吧，如果我们相信他最后那张明信片背后的话。

我也在和我的怒火抗争。只要巴多活着，一切都好。我们之间的联结让这个世界变得可以接受，有时甚至是有趣的。我会变成一头孤狼吗？我再也哭不出来了。如果我不写下去，我就会感到一种空洞；因此，这个故事成了我能够继续活下去的动力。

也正因如此，我不愿和那些讲求效率的作家一样全力展开故事。有时候，你不得不学会来回踱步。

毕竟，故事的结局也可能意味着我彻底崩溃。

这天早晨，我收到了奥菲利亚的短信回复。言简意赅："你最好别再跟着我。我很危险。"

10
在寂静无声的沙丘上

2010年7月27日，库尔兰地峡，临近午夜，月朗星稀。我又想起了那根悬在半空中仿佛带有生命的树枝，它就像一个图腾。此刻，我独自爬上帕尼蒂斯沙丘，人们习惯把这儿称为立陶宛的撒哈拉，虽然这里仅有极小一部分是沙漠。

我的双脚感受着夜晚湿润空气下温柔的沙子。来到高处，一股强烈的混合着松树与海洋的气味扑面而来。虽然有风，但并不冷。我便在这座天然海角坐下。自从我的双胞胎弟弟离世以来，我几乎是第一次感受到一种平静与释然。

在我身后的几百米远处，人们在潟湖边的木

头房子里沉睡。我们身处的这个峡湾只不过一公里宽。眺望前方，掠过层层树顶，我的思绪飘向远方。距离这里1个小时的路程，便是加里宁格勒，曾经的哥尼斯堡，哲学家康德的故乡，他在1788年写下了这句名言："有两件事情，我愈是思考愈觉神奇，心中也愈充满敬畏，那就是我头顶的星空与我内心的道德准则。"

我感到自己的呼吸渐渐变得缓和。

就在这时，巴多出现在眼前。

他仿佛站在山谷中的一个巨人，夜晚的点点星光组成了巴多的模样。他似乎在微笑，说道：

"我没有白死。"

我顿时热泪盈眶，说不出一句话，不知要作何回答，或提出什么问题。他用打趣的口吻继续道：

"你要开心点啊，骄傲点。"

"为什么？因为有人谋杀了你吗？"

"没错。毕竟，我也一直在寻求这个死亡的结果。当我登上凯旋门的天台，在那儿头晕目眩的时候，就已经在渴望这个结果了。现在，我懂为什么了。"

"为什么？"

"为了宣告一场新生。"

我一时语塞，大脑有个惊慌的声音在说：这些天以来，我是否也疯了，因为过于悲痛而产生了幻觉？巴多打断了我不着边际的推论：

"忘掉生命中的无常吧！"

"你在说什么呢？是谁杀了你？"

"芸芸众生百般尝试，意欲使自己的人生得到净化和升华。然而，现实生活的阻力始终强大。我们一再地渴望重生，却往往半途而废。失败的隐忧、例行的日常、安于现状的怠惰——所有这些构成了一场无梦的睡眠。"

"我有太多问题了。还有奥菲利亚……"

"你去找奥菲利亚吧，但记得去爱她而不是恨她。还有我们的儿子，贝纳尔多，他并不是幽魂，你要保护他。"

"你们的儿子？告诉我是谁杀了你！"

巴多的形象渐渐消散。

"别离开我!"

"我不会走的,我会一直跟随着你,无论你在哪儿。"

他闪闪发光的轮廓融入星光之中,抛下我一个人,在寂静无声的沙丘之上,缓不过神来。

11
和巴多的儿子一起

所幸,在巴黎,没人认识奥菲利亚。她看起来比实际年龄要老成,因此,尽管背井离乡,她在那儿的运气并不差,不到一星期,就找到了一份工作。那是2004年的1月,在她遇见巴多的2个月之前。她在巴黎西区的一间私人补习学校担任英文会话老师,距离凯旋门十几分钟自行车程,去那里的都是学习上(更准确而言是经济上)有困难的中学生。没多久以后,凭着学校校长的一封信,她无须父母担保,便顺利租下位于附近饮风街的一个小房间。父亲对奥菲利亚藏身法国的事一无所知。

至少她是那么以为的。

公寓房间不足20平方米，却带给她前所未有的安全感。那段时间里，她渴望一场意外邂逅，好让她重拾喜悦。她期盼在平淡日常以外更强烈的情感中找到真理，然而对于生活的这种热情，来得快去得也快，至于她想要的自由，必须为之付出相应代价，这令她望而生畏。没有什么奇怪的，她这么安慰自己，才20岁的她早已伤痕累累。面对她的离家出走，父亲听之任之，并未怎么阻挠，或许是因为这一次，她看起来下定决心要打破沉默。牛津大学教授绝不容忍可能有损其名誉的丑闻。

她之所以花了那么长时间出逃，是因为恐惧，因为习惯于屈从，是出于罪恶感，也许还有自我惩罚时受虐式的快感，她猜。但无论如何，这都是为了保护她的弟弟威廉。12岁时，他表现出了严重的智力障碍，相比奥菲利亚，他对独断专横的父亲更加言听计从，父亲就像是对待低能儿、奴隶那样待他。她时常因为自己丢下威廉而倍感自责。以前，威廉常常会靠在她的肩膀彼此安慰。

关于奥菲利亚人生中的这些波澜，是在他们相

11　和巴多的儿子一起

识几个月后,我弟弟才逐渐了解的。那是2004年9月末,他们一同前往拜访彼得·洛夫莱斯的时候。毕竟,奥菲利亚撒谎成性,因此,当她隐晦地道出与父亲的不堪过往时,我弟弟尽管极力安慰她,却仍半信半疑。再后来,她告诉他,母亲的自杀是因为再也无法忍受丈夫侵犯自己的女儿。简直五雷轰顶。巴多寻思着这会不会是她对现实的又一次变形。奥菲利亚如同一个走投无路的灵魂,不断制造陷阱圈套。

2004年冬天行将结束时,她在巴黎百无聊赖,未来在她眼中仿佛是破旧墙壁上渗出的褐色斑痕,渐渐侵蚀,占据整面壁纸。更有创造力的眼光会把这些污迹想象成某种征兆——如同一个翩翩起舞的侧影,预示着废墟背后的新世界;她懂得保留这样的审视角度吗?不,她告诉自己。奥菲利亚对前途感到深深的厌倦,一直以来都难以掌控这辆时间列车,于是她宁愿任其脱轨。然而,在她的双眸深处,至少我弟弟相信,仍然存在"与雨水大地交融一体的变幻莫测的闪光"。

某些日子里，仅是一些细微事物带来的片刻温柔，都会让她重拾生活的信心：像是某个学生的微笑，突然想起她弟弟扮鬼脸的样子，或只是沿着塞纳河骑行。她能从消沉的情绪瞬间切换到酒醉的狂喜，但大部分时候，她只是在做无谓的挣扎。她被牢牢困在自己编织的蛛网里，那里住着她内心的恶魔。一种脆弱的平衡，几乎不堪一击。

与她擦肩而过的人，往往可以从她的目光里觉察到炽烈的欲望。有些人对此避之不及，另一些则难以招架，被其深深吸引。对于后者，她总是不由自主地更乐于用牙齿将对方撕成碎片，那样他们便不再值得她继续去爱。你爱的人要么死去，要么背叛你。

每天夜里下课后，她常常会去母亲吕茜的墓前转转。身为一名法国人，她母亲30年前不幸地来到牛津，准备有关莎士比亚的博士论文，并在那时与自己的指导教授坠入情网，那是一个优雅严厉、口吐莲花的男人，也是研究莎士比亚的世界权威专家之一。至少彼得·洛夫莱斯尊重了吕茜的生前遗

11 和巴多的儿子一起

愿——将她安葬在巴黎,与她的家族墓地在一起。

有关母亲,奥菲利亚始终有一段难以忘怀的记忆:那是母亲去世前的那个夏天,全家人前往立陶宛的库尔兰地峡度假。他们在奈达租下了一栋木屋,有那么一些短暂的片刻,一切都显得那么和谐。彼得似乎不再扮演严父的角色,威廉看起来几乎和其他男孩没什么两样,吕茜也变得神采奕奕。炼狱般的生活被留在了英格兰,但它一直在那儿,静静等待他们回家。

凯旋门美好邂逅的几天后,巴多正在地铁里,手捧《哈姆雷特》读到第三幕的开头,突然听见一个带着英伦腔的声音对他说:

"既然你已经知道了我叫什么……"

全心投入在书中的他,并未注意到任何人向他走来。然而就在那时,她已坐到他的身边,两人的肩膀蹭了一下。他扭头看到了近在咫尺的那张脸,还有一个会心的微笑。她站起身。列车缓缓减速的同时,巴多感到自己的心跳越来越快,仿佛周身通电,他的肩膀和胸膛涌起一股热流。她再次抛来一

个微笑,更深邃的微笑:

"莎士比亚是我真正的父亲。"

"等等,奥菲利亚!我们一起喝杯咖啡吧。"

"我是英国人,我更爱喝茶。你叫什么?"

"巴多。"

"巴多,你在追我吗?你该躲着我。"

"为什么?这是我们第二次碰巧遇见了。你不相信命……"

她用手指轻轻抵住我弟弟的嘴:

"嘘……我相信宿命。你知道那首歌吗?'我病了,病入膏肓'。"

地铁车门将他们俩分开。转眼,奥菲利亚已经淹没在共和国广场站的人流中。与其说巴多脸上写着"及时行乐"的表情,不如说是一往情深的痴醉模样。①他在后一站下了车,折回原路,在共和国广场逗留了一阵,手里揣着他的《哈姆雷特》,权当一

---

① 此为文字游戏,"及时行乐"原文为"carpe diem",而在18世纪的法语里,使用"carpe frite"形容年轻人满怀爱恋、痴痴呆呆的眼神。

份安慰奖……

6年过去了。2010年7月31日的清晨，我仍然在奈达。昨天，我打电话给克雷斯警官。他们始终没能追踪到那个"疯拉姆"球迷。

也许永远都找不到他了。

现在是早上7点。我光脚坐在松林里，耳畔是阵阵海浪声，手里握着我弟弟写的一封信，落款时间是2005年10月10日，在他和奥菲利亚分手的4个月后：

奥菲利亚，在你的眼眸深处，尘埃形成了等待的旋涡。号角纷纷响起，中场休息的围猎即将登场。

你随心所欲到处涂画，令人目眩神迷的画作，我默默看着你这么做，将信将疑，总是自问究竟是怎样的奇迹把你带到我的面前，而不仅仅存在于我的脑海。

你时常像个孩子一样天真。我从未这般爱过一个人，我怀着恻隐之心，眼前色彩斑斓，多么盲目的宠爱，有时真的对你贪恋不已。

遇见你之前，我感觉自己生活在一个潦草勾画的炼狱中。某些时刻，在本该自由流动的水坝中，生命的一切都陷入了顽抗。

我们仿佛变成了围绕在纯白圆圈周围的这些红色花边，那是我们相遇后不久，你在莉亚·玛利亚·斯皮尔斯维克工作室画下的图案。一点聚氨酯漆、油画颜料、一张旧报纸、木炭、清漆、一片亚麻布、一支布罗塞利昂德玫瑰的茎干。我学会了凝视你。

你曾是暗巷里的光。

我们能否抹去在圣克卢公园散步的那一天？那撕心裂肺的分离，几乎让彼此死了一回。

帷幕落下，星形广场的十字路口，四个极点，鲜红一片。你的声音在东方，你沾染颜料的指尖香气在南方，你如蜜的肌肤在北方，你眼泪的颜色在西方。我们的目光停留中央，然而我们并不拥有888次呼吸的时光。

我本以为我们的热情会持续得更远。

11 和巴多的儿子一起

它会孕育一个世界。

是我错了吗?

上午8点。我走在峡湾西侧一片人迹罕至的沙滩上。海水冲刷着我赤裸的双脚。我张开双臂,准备抛开那些自我折磨,来一场彻底放空。可就在这时,我的手机开始震响。

是奥菲利亚发来的短信:"父亲可能会猜到我在奈达。我已北上,往塔林方向,和巴多的儿子一起。"

12
从过去通向未来

和奥菲利亚的第一次偶遇后不久,英文版《哈姆雷特》在我弟弟读来便开始有了不同以往的滋味,书中文字仿佛搭建起一座韵律之桥,将他带往一个神秘未知的奇特世界。那是从欲望的沃土中长成的丰满字句,重要的是聆听,而不是试图去理解。它们在他的内心深处生根发芽,让人沉醉,也令人不安。

2004年3月的一个傍晚,太阳快要落山,他踱步来到贾迪种马场脚下,独自坐在那儿,身旁是一棵橡树,远处是低头啃草的马。他眼望掠过枝头的阳光,心里反复问着自己:"生存还是毁灭?"渐渐感到一股热流抵达腹部的太阳神经丛。存在！那是一种油然而生的感恩之情，接近自由的感觉。

巴多的日常生活是这样的：多数时候，每天早晨8点不到，花园里松树上栖息的各种鸟儿会将他从梦中叫醒。有时，其中的某一只还会发出类似老旧打字机那样的鸣叫声——那会是一只啄木鸟吗？我弟弟跳下床，打开百叶窗，呼吸绿叶的清新和晨雾。光亮刺得他睁不开眼睛，他用力嗅着这股晨间气息，觉得莫名感动与惊喜。空气里充盈着绿色清脆的音符。就在几天前，他在森林里撞见了一头鹿，和它对视几秒之后，目送它踉踉跄跄地走远。这一幕，让他不由得思考，这个世界究竟在多大程度上投射了我们内心的风景？这头受伤的牝鹿会成为一头牡鹿吗，还是将一瘸一拐直到死去？

那些丧失自然空间、脱离土地元气的生命形式，在他看来虚弱无力。许多人不得不借助沉湎尼古丁和酒精这种东西，才可能品尝到所谓抛却自我、忘掉内心波澜的强烈滋味。前一天，他在大街上的某家露天咖啡座里，看见一个年轻漂亮的姑娘,玫瑰色的嘴唇正轻吮什么东西,露出享受表情的同时又闪过一丝内疚。那对她而言是一种无意识的吸毒,正如其他人每隔5分钟便会点击一下自己手机的空白屏幕。巴多曾说,身处城市的我们就像过街老鼠,抑或是在迷雾中航行的水手,满心祈盼沉船,以为只有那样才可得救,浑然不知身边即是天堂岛。我们用漫不经心的态度掩盖顽固不化的成见,用微笑表达歉意,对友谊斤斤计较,每个人都希望找到并留住那个对自己说出这句话的人:"你只要唤我为爱人,我就重新受洗,重新命名自己。"①

阿弗雷城公寓窗外的大花园,鸟儿们悠扬而规律的鸣唱,松树散发的清香,野猫的午夜搏斗,还有马儿们略显愚蠢的懒散模样,眼前的这个世界对他而言,仿佛一座堤坝,将柏油路和矿物科技都阻隔在外。这里可以说是半个世外桃源,让他聊以排遣孤独,事实上更加重了他离群索居的愿望。结果

---

① 出自莎士比亚《罗密欧与朱丽叶》第二幕第二场。

是,他时常和森林里的树干抱在一起。

每个星期,通常是在周末,我会来这儿,和隐居田园的巴多见一次面。他的瞳孔深处,有一个在沙漠行走的男人。他要去哪里?那段时间,巴多写过一首诗,在这首诗旁他粘了一张相片,那是一块没有贴海报的广告牌。诗中写道:

走路的人是否知道自己将去何方?
要不然他是个明知故问的疯子,沙漠里怎么可能结出果实?
军队偃旗息鼓。语句奄奄一息。现象如同商品一一陈列于橱窗。
未老先衰的人们将缺席自己的葬礼,在心灵墓地翩然起舞,无重音,失声,振臂高呼。
对此表示怀疑的那些人,请记住:
饮下你的血——你便不再感到口渴!

自从巴多去世以来,我千百次重读这最后一行。它让我重新找回勇气。

我希望很快就能在塔林找到奥菲利亚，如果她没有在中途改变主意的话。还有小贝纳尔多，那个可以用幽灵之身与千里之外的父亲对话的男孩。我弟弟究竟是在什么时候得知自己有一个儿子呢？或许，就在他死前几个小时。

离开奈达之前，我站在帕尼蒂斯沙丘高处凝望整座山谷，祈祷也许还能再次听见巴多的声音。之后，我又回到海边的松林，来到那根悬挂在树梢保持完美平衡的树枝面前，驻足良久，幻想自己的灵魂也能像我的孪生弟弟那样散落于苍穹之间，在繁茂的枝叶中达到忘我的境界，成为一片森林……然而，眼下，命运指引我离开立陶宛，前往爱沙尼亚——这会是一个给我惊喜的国家吗？

6年前，也就是2004年，4月初的一天，当巴多第三次遇见奥菲利亚时，他或许正是这样又惊又喜的心情吧！那一次他们在巴黎的新桥上邂逅。

那天，她沿艺术桥走来，一路观察桥上行人，他们走走停停，无不被这座由木头、金属建造的极简主义风格的桥梁所吸引，十几个少年在这儿聚坐。几分钟前,她路过塞纳街的一家艺术画廊,橱窗玻璃映照出画作之间她的身影,她盯着橱窗呆站了好一阵。这个场景让她想起自己还是个小女孩时有过的类似记忆。阴影模糊了她脸上的光芒,她多么希望一切可以重新上色,就像此刻橱窗里与她的面孔重叠在一起的那幅油画———一支色彩斑斓的万花筒,画布底下的标签说明标识有作品和艺术家的名字:《米拉比利亚》,莱亚尔·玛利亚·斯皮尔斯维克的作品。

奥菲利亚离新桥越来越近,头顶耀眼的阳光晃得她不由得闭上眼睛。有那么一刹那,她既感到浑身充满了飘忽不定的希望,却又打起退堂鼓想回英国,回去保护威廉。然而仍有太多恐怖的画面在脑海中撕扯她,她不足以控制自己的情绪。不知不觉,她走到了铁栏杆旁,凝望着塞纳河。

她在想,无论水向这一头还是那一头流动,除了微乎其微的差异,总是拥有相同的强度。在桥的西边更远处,是一望无际的海洋,所有事物在那里走向尽头,归于虚无;而在东边的某个地方,是水的源头，似乎一切仍有可能。是逆流而上，还是顺流而下？在一切消亡之前，回归本源。在这座桥上，是反方向前进，还是顺势而下，抑或保持平衡静止？她时常感到再也无法支撑自己的躯体，这副颠倒的肉身长久以来都是受害者。她抬起头，将目光转向罗浮宫，内心有个声音在说，她别无选择，只能一路往北。

突然身后有个声音打断了她，那是巴多。她转过身，一脸诧异地喊道：

"你在跟踪我吗？"

"怎么可能？"我弟弟反驳道。

可她又怎会相信命运让他们一而再再而三地相遇？她看起来生气极了，本能地后退。巴多在犹豫是否还要紧跟着她。然而，事不过三，如果这一次他再不抓住机会，就没有下一次了。此刻传来一阵响亮厚重的乐音，一支铜管乐队正从新桥的另一头走来。生活总是充满了这些互不搭调的刺激；奥菲利亚突然很想笑，对刚才自己的过激反应感到羞恼。

学生管乐队的队伍渐渐逼近,噼里啪啦甚是欢腾。我弟弟拔高嗓门,奋力解释自己很少会来这座桥上。他刚从"书页泡沫"出来,那是圣日耳曼区的一家书店,他无所事事随便逛逛。他早就认出奥菲利亚的背影,却不敢和她打招呼。

"你总是在街上跟踪女生吗?"

"有时候会。"

"回答得还挺老实。"

"你呢,那天在地铁上,你也在跟踪我吗?"

"我可没那么丧心病狂。"

"我不是孤注一掷的那种人,我是出于对你的仰慕。"

他指着罗浮宫旁的河堤:

"我们不如下去那里的岸边吧,那儿比较安静。"

他们俩的手差一点就碰到一起。她已什么都听不见,刻意望向别处,尽力克制内心的慌张,呼吸也变得急促。她随他一起来到铺着石路的河岸,心中满是忐忑。

巴多在说着什么。城市重新披上了鲜活的色彩——原先灰色的外墙表面仿佛一层死皮被瞬间揭去。眼前的塞纳河也变了模样,显得温文尔雅,不再那么气势汹汹。水面波光粼粼,折射出钻石般剔透的光晕。奥菲利亚完全被这一幕迷住了。这无数个闪烁的光点,仿佛全然不顾河水的单一流向,朝四面八方恣意散发耀眼光芒,在深不可测的河水上方勾勒出薄薄的一层欲望。她使劲睁着双眼,直到流出了眼泪,模糊了焦点,河流变成了一个金光闪闪的蜂窝。眼泪泄露了她的喜悦,那种清空内心无尽烦扰的喜悦。巴多坐在她的身边,不发一言。

就这样待着吧,她平静下来,感到自己可与流水共舞,忘记了命运并不一定总会对失败者的损失给予补偿,也不再惦念那个让一切消灭的大海。除了此时此刻,不再关心别处的任何。从当下的沃土中汲取力量,赶走敌人。塞纳河渐起波澜,一个浪拍向河堤。巴多靠得她更近了,非常近。

她突然想起自己有一个吸引禽兽的身体,便突然离开,几乎是吼出了一声再见。巴多忍不住高声问:

"你害怕什么?"

"害怕你。"她冷笑着说。

可她已经放慢了脚步。

"害怕你。"巴多重复了一遍。

他也站起身,追上了她。

"你就像这条河,闪着金光。"他声音温柔地说。

她笑了,凝视着巴多的脸庞,发现他清澈见底。他也直直注视着她,继续道:

"你好像有点迷失。和你在拉雪兹神父公墓的孪生姐姐有关?"

她尴尬地笑了笑。

"你问得太多了。"

"地铁上,你为什么说你病了?"

"因为的确如此。"

"心理上的吗?"

她像小孩那样,点点头又摇摇头,像要说是,又或是不。在那以后,巴多还会常常看到这种模棱两可的态度。

"别逼我了,你会后悔的。回桥上去吧,然后忘了我。"

"我不害怕。"

她盯着他,忽然一脸严肃,眼里噙着泪水,冷冷地说:

"你应该害怕。"

"为什么?"

"你的问题真烦人。我得了白血病,行了吧?"

巴多露出惊诧的神情:

"白血病?是癌症吗?"

"慢性髓细胞性白血病,是血液里的癌。1个月前被确诊的。我还剩半年。懂了吗?要深陷悲伤不可自拔了吗?现在,请离我远点吧!"

"可是……"

"拜托。"

"好吧,但至少记下我的电话号码。"

她接过巴多递给她的一张大卡片,那是一张印着凯旋门的明信片,他在上面写下了自己的号码。

奥菲利亚头也不回地登上阶梯,往罗浮宫的方向走去,心怦怦直跳。

她渐渐走远,心想本可以更友好、直接地回应我弟弟。其实没有任何理由和必要对他避之不及,无论是他的笑容、声音还是目光,都是那么单纯。她为何觉得自己被劈成了两半,脱离了自己?她想像自己向他坦白说,她远不止有点迷失。相比自己,她更怕她父亲。她已不太清楚自己究竟是怎样的感受,她的冷漠是掩饰自己的一种方式,为了达到生命中所谓的一以贯之。20岁时候的她,觉得自己像是一部散架的机器,一支破碎的万花筒,一个追寻崇高理想的人。只有不再想起过去时,她才成为真正的自己,尽管她很少可以做到不想过去。

她一个人在巴黎漫无目的地游荡,在她这个年龄,其他女孩已开始寻找自己的坐标,甚至有些已经开始建造自己快乐的小王国,朋友众多,爱情甜蜜。当她转过头时,巴多已经不见。

那张年轻俊俏的脸庞冷不防再次浮现在她眼前。他触碰到了她内心本质的什么东西吗?在如此短的时间里,用如此少的话语?

她摇摇晃晃地跌坐在一张长凳上,哭了起来。

这时,她想起在口袋里还有一张明信片,可能成为一扇门,从过去通向未来。

13
她邀我见面

在罗浮宫金字塔脚下,坐着一个年轻的红发姑娘。起初,几乎没有一个人留意到她,那是2004年的春天。

有几个路过的小孩用手指着她,问自己的爸爸她为什么在哭。奥菲利亚已经呆坐在那儿好几个小时了,几乎一动不动,隔一阵就泪流满面。过去那些可怕糟糕的记忆一股脑地袭来,快要将她逼入绝境。她挣扎着摆脱那些扰人的画面,尽力阻止自己再度陷入那些细节,时不时看看巴多的那张印有凯旋门的明信片,试图对自己说,现实并非一成不变,她并不只属于自己的过去。可如今,真正令她感到悲伤的，不仅仅是自己活在父亲兽性的侵犯带来的梦魇阴影中，更荒诞的是，那深入骨髓的孤独，以及忍不住想欺骗所有人的冲动。她究竟为什么要对巴多说自己得了白血病？

2个小时后，她才终于有点缓过神来，周围的景物在她眼前逐渐恢复生气。重获平静的她，感到大脑四周的杂质玻璃开裂了：去发现世界吧，创造自己的价值，解读那里的符号。在她看来，身边所有生命发出的嗡嗡声，组成了彼此交错的线，疏远或接近，都是有意为之，只是程度不同而已。她在想，我们是被穿过了。我说：我悲伤、我高兴、我生气，我有这样或那样的念头，但事实上，也许是这些感觉和想法正在穿过我们的身体。

她觉得自己的整个生命都指引她来到罗浮宫前的这座广场，将她卷入这个时空。她有点头重脚轻：在同一个地方呆坐好几个小时，这不像是她会做出来的事，太不合常理，让她始料未及。或许不久后，会有一道足够强烈的电流将她带往别处，但此时此刻，对她而言似乎只有这里才有意义。终于，她破涕为笑，对自己说，"我在这儿。一切都在这儿。"

她的情绪转阴为晴，一脸平静祥和，却也拒人千里。有时，会有路过的行人上前搭话，问她是否需要帮忙。她默不作答，只是兀自微笑。玻璃金字塔折射出夕阳的余晖，她只是默默望着这温和的光晕，心存感激。

这时，一个中年女人来到奥菲利亚身边坐下。她也有一头天然红发，前额有一个刺青，是一个单词，像是第三只眼睛。她说：

"我也很喜欢坐在这儿，坐在协和广场方尖碑和凯旋门的这条轴线上。这是一种生命仪式。"

这个陌生人的目光和声音带着母性的温柔，她接着说：

"我叫莱亚尔·玛利亚·斯皮尔斯维克，是个艺名。"

有时候，当我们从某个角度注视一面镜子时，会感觉另一头有水，好像可以跳入其中。那个幽灵男孩的身体在我弟弟看来就是这种效果，当时他正谁杀了诗人?

在给男孩讲奥菲利亚的故事。小贝纳尔多听得很认真,时不时地会抛出一个问题:

"那个斯皮茨维克是谁?"

"斯皮尔斯维克是个非常有名的艺术家,她的作品举世闻名。这个艺名其实来自莎士比亚的全名威廉·莎士比亚。她把那些字母打乱,新造了这个名字。"

"她的额头上真的有一个刺青吗?"

"没错,那是个英文词'fire'。"

小男孩撇了撇嘴,有点不屑又露出一丝惊讶。

莱尔波尔蒂娜①·斯皮尔,又名莱亚尔·玛利亚·斯皮尔斯维克,是出生于瑞士的造型艺术家。她的成名要追溯至20世纪90年代早期,当时她最出名的代表作,是将一部阿尔法·罗密欧跑车涂成了玫瑰色,为她重新命名为阿尔法·朱丽叶。后来,1993年7月14日国庆那天,在未经准许的情况下,她把猪头一个个插在长矛上,来到巴士底狱广场中

---

① 莱尔波尔蒂娜也是法国文豪维克多·雨果女儿的名字。

央，挥动一幅标语，上面写有"仲夏夜之梦"。最近一次在公众前露面是2003年的2月29日，46岁的她在"国际艺术界"已享有盛名，理论上说，不必再做什么博眼球的事，但斯皮尔斯维克在自己的前额刺了一个刺青，浅紫色的4个字母，"fire"。刺青的过程耗时好几个小时，额头的皮肤非常娇嫩，必须极其小心仔细。效果完全达到预期，出奇的漂亮。

"我，我可不喜欢那样。"幽灵男孩说。

我弟弟笑了：

"好吧，要知道在额头刺青并不是什么新鲜事，其实古已有之。波利尼西亚的战士很久以前就开始刺青，在自己脸上刺上图案，来确认彼此之间的关系。"

2003年4月，斯皮尔斯维克接受了《时代》杂志的采访，她以一种十分奇特的方式解释了自己刺青的原因："我们已成为自己的头颅、大脑和简化法计算的奴隶。它们战胜了激情、心灵、感官与手势。大脑如何思考？它的工作机制极其简单：身体中比大脑位置低的东西都比它低级。在人体这个阶梯中，双脚位置最低。脚常常疼痛，通常都长得很丑，尤其是别人的脚。它们只会直线行走，只有这样，它们才有价值。再往上，是比脚稍好一些的生殖器官，因为它们带来愉悦快感，然而终归还是低等的，因为难以抵挡本能的驱使，妨碍大脑制定策略，还会徒增挫败感，带来误解。每个人都知道，手是大脑的最佳拍档，然而在大脑面前总是卑躬屈膝，又不够有耐心。再高一点，就是嘴了，有了它我们才能讲话。可是这张嘴，常常胡言乱语，或是说一些让自己后悔不已的话。眼睛和耳朵要比它高明些，前者懂得默默观察，后者则会伺机而动。

"今天，得益于神经科学，我们见证了大脑对身体其他部分发起了最后的总攻。糟糕的是，甚至一直被视作调动身体的精神，也遭到大脑的进攻。大脑这计算器和语无伦次、逻辑混乱的精神渐行渐远，想脱离它的牵制。

"然而，失去了精神的大脑，也就丧失了核心。它不相信生命之火，而只是日常生活的管理者。我并不想显得非黑即白,把大脑说得一无是处。因为有时失去头脑的心,也会缺乏精神。关键是不要成为大脑的同谋,因打压精神而感到胜利的喜悦,一场胜利可能会演变为复仇。这就是我的刺青想要表达的意思,把自己从'大脑奴役'中解放出来吧!"

我弟弟和小贝纳尔多一起走在森林里。小男孩问:

"第三次遇见你之后,奥菲利亚打电话给你了吗?"

"是的,不过那是3个星期后的事了。她准备从原来的公寓搬去斯皮尔斯维克的工作室,成为她的助手。2004年4月20日,她就是约我在那儿见面的。"

14
天际如火一般染红

我换了一辆又一辆巴士,在阴云密布的拉脱维亚乡间穿行,一路北上。千篇一律的城市化改造未踏足这片天然平原。木头房子,踩着老爷自行车、面目粗野的路人,光秃秃的无边无际的田野,倒塌破败的村落,暴力而不失温柔。只有身处异乡,才会更深刻地理解这个世界如同一个潜在的巨大威胁,隆隆作响,而我们对此充耳不闻。

2010年8月1日,星期日早晨,我的落脚点是里加的一家廉价旅馆。如果想继续这趟旅程,就得节省开支。客房相当局促,窗户正对着一个瓦片屋顶,我在阳台写下了这些句子。视野可及处,总会有一座教堂的穹顶。明天，我将搭乘开往塔林的巴士。可能不用5个小时，就会来到奥菲利亚的身边，如果她真在那儿等着我的话。

她究竟要用多长时间才终于鼓起勇气决定见我？那个孩子，他知道自己的父亲已经不在人世了吗？显然，他一定知道。也许巴多和他在位于"繁星海角"的某个地方，依然延续着对话？我从包里取出那支木头万花筒，不禁眼眶泛红：这可能正是给小贝纳尔多最后的礼物。

这座老城的街道，博物馆星罗棋布，我随便翻看了几页介绍里加市郊的小册子，接着便坐上11路苏联有轨电车，来到了几十公里以外的基舍泽尔斯湖边。孩子们在湖绿色的水里嬉戏游泳，几个特别漂亮的女孩与我擦肩而过，我却无心挑逗她们。我原本希望自己可以扮演一个冒险家的角色，及时行乐，然而我的意识始终在困惑和忧虑之间摆荡。这几个月来，我试图弄清自己究竟为何在这场荒谬的悲剧中心落得孤身一人的结果，这样的思绪总在撕扯我、折磨我。好像因为意志减弱，心里越来越担心，一场不可阻挡的考验使我几近置身全然的荒诞之中，除了即将同我弟弟曾经深爱的女人接近的事实，以及现在促使我去认识他儿子的责任感。和奥菲利亚见面这件事真的合理吗？倘若如她所言，她骨子里是个危险的女人，那是否亲近她的人都将落得葬身地下的下场？

2006年5月6日，莱亚尔·玛利亚·斯皮尔斯维克因脑瘤去世，至少官方说法是这样的。她生前似乎爱上了奥菲利亚。就在她们认识后不久，莱亚尔·玛利亚·斯皮尔斯维克放弃了雕塑，重新创作油画；她从画家费尔南德·赫诺普夫笔下的女神形象中获得灵感，以后象征主义风格，为奥菲利亚假想中的先人埃达·洛夫莱斯创作了许多肖像画。

埃达是诗人拜伦的女儿，据传拜伦和他同父异母的姐姐还有过一个私生女。在那个年代，拜伦享有的盛名可与现在的戴安娜王妃比肩，每个时代都拥有各自的明星。埃达出生后不久，安娜贝尔——花花公子拜伦的那位严肃古板的原配妻子，便无法忍受丈夫的荒淫无度和自私自利，提出分居，并禁止拜伦见自己的女儿。她想尽一切办法,让埃达远离与诗歌相关的任何事物;自幼便培养她自律的习惯,教导她学习三角学。

由于从小受到数字的熏陶,埃达·洛夫莱斯27岁写出了被后人认为是史上第一个计算机程序的雏形。凭借这个头衔,她在英语国家,成了女权主义历史上的重要人物(电脑程序的教母!)。斯皮尔斯维克对埃达的兴趣,如同她对这位所谓的红发后裔一样浓烈;受奥菲利亚的脸蛋和身型的启发,她画下了一系列埃达的肖像。

埃达和她父亲一样,在36岁时离开了人世。无论她母亲曾如何努力,试图用理性思维塑造她,埃达从未失去对生活的激情,要求死后埋葬在父亲拜伦的身边。浪漫诗人与严厉的安娜贝尔以及他们的女儿的命运,成为工业年代早期大众热衷讨论的话题。那是一个历史转折点——浪漫主义与理性思维、诗歌与应用科学、想象力与客观现实的意识形态,彼此之间明争暗斗。

2004年,斯皮尔斯维克女士的工作室位于彼特-肖蒙公园的高地,是一间有声有色的古董旧货店。在画布和奇特的小物件中间,还有零星的几件家具:一个沙发、一张矮桌,以及一张天盖大床。巴多隐隐觉察出这两个女人之间非同寻常的关系,感到惴惴不安,仿佛在他和她们之间有一道天然壁垒。从踏进这间工作室的那一刻起,巴多就显得慌慌张张,笨手笨脚。似乎为了证明自己的笨拙,他还单刀直入地问奥菲利亚,尽管这个健康活泼的美人看上去无论如何都与白血病这三个字扯不到一起:

"你既然生病了,为什么不待在医院里?"

奥菲利亚没有回答,晃晃脑袋,不置可否的样子。

"什么病?"斯皮尔斯维克女士问道。

奥菲利亚站起身,一言不发,拿起自己的外套,夺门而出。我弟弟正准备紧随其后,可艺术家拦住了他:

"给她一些时间吧!我想我知道她去哪儿。"

"您相信她得了白血病吗?"

"她想象力很丰富。"

"她为什么要骗人?"

"也许她只是给了你想要的。"

"我想要的是真爱。"

"是的,当然。哪怕是平庸的爱?你看上去是需要激情的那类人。"

"和您一样,和许多人一样。"

"那可不一定,大多数人会在激情和巨大的欲望面前逃之夭夭。'我们宁愿时时刻刻遭受死亡之痛的碾压,也不愿即刻就范!'"①

"莎士比亚。可你不认为她得病了吗?"

"奥菲利亚几乎让人搞不明白。"

"几乎?"

"她不时会交出自己,你等着吧!"

在斯皮尔斯维克女士的提示下,巴多在不远处找到了奥菲利亚,还是在彼特-肖蒙公园的高地上。她坐在观景亭的脚下,从那可以俯瞰整个巴黎。在

---

① 出自莎士比亚《李尔王》。

纯白色圆柱的衬托下，她显得与这个时代格格不入。埃达·洛夫莱斯的阴影并未走远。

巴多慢慢走近她，开始觉得头晕目眩。她望着天边。他紧挨着她坐了下来，她一动不动。他拉住了她的手，她也并不回绝。

"正常情况下，我明天得离开这儿了。"

"要去哪儿？"

"先回牛津，住我父亲那儿。然后去纽约周边的一家诊所，他坚持要我继续新的疗程。那里似乎治愈过一些白血病病人。"

"我会去看你的。"

"不，医院是个谋杀爱情的地方。我不要你的同情。反正，我也不会真的走。"

"为什么？"

"因为我不相信那些医学奇迹，因为我不想死在病床上。"

尴尬的沉默。我弟弟感到奥菲利亚的手和自己的手紧紧握在了一起。她转过头，微笑着打量着他，说：

14　天际如火一般染红

"我可以问你一个问题吗？我们遇见的那天，你在星形广场做什么？"

"我在凯旋门顶上，和自己头晕的毛病较劲。"

"你喜欢危险的游戏？"

"不是，除非……"

"除非什么？"

"除非它会把我们俩联结起来……"

"什么？"

"两个生命之间命中注定的相互吸引，他们不知是会存在还是毁灭。"

她没有接话，眼里糅杂着孩子的率真与难以言喻的沉重。

他们的嘴唇越靠越近，天际瞬间如火一般染红。

15
每一片生命之海

2010年8月4日,星期三。也许时间本身并未脱离齿轮的运转,却因一场悲剧的到来,加速行进。两天之前,我抵达了塔林,这个欧洲大陆的最北端。

作为爱沙尼亚的首都,直到1918年前,这里都被称为"列巴尔"(Revel);踏上这片土地的刹那,感动之情便油然而生,仿佛这是一座悬浮于陆地之上的城市,透着某种轻盈的气氛,属于未来与过往的光线和空气在中世纪的街巷间游走,最后注入芬兰湾。甚至来这儿的游客也看似更加轻松——不过,和其他任何地方的游客一样,他们想忘却过去，却不知道如何做到。打个比方，他们从来不曾想过要离开充满香气的老城区，去市中心以外的地方，到苏联解体后遗留下来的破败房子的走廊里探险，毕竟那里很难招呼到计程车。然而这并不困难，因为我一到塔林就是那么干的，只需搭上一辆巴士，一直坐到终点，便可进入那些居民区，隐身于其中。或者说，你根本不会在意别人是否注意到你。

这里的人营养不良，麻木迟钝，被酒精榨干的身体昏昏沉沉，时常连买一盒香烟的钱都没有。有时会碰见一个穿无袖套衫的醉汉，野蛮地扯着一个女人的头直往墙上撞，口红在脏污的墙面留下一道痕迹。两扇装甲门的背后，是一间带厨房的10平方米陋室，小猫和它的主人正在打盹。电视在播送美国的靡靡之音，顶上晾着洗好的衣服。门厅摆了一张沙发，退休老人们在那儿整日无所事事，百无聊赖地等着会有什么东西好把他们带走。人们常常拿起自己的手机，"核实"一下有没有人找他们。在欧洲的其他地方，无论是法国，还是我和弟弟出生的葡萄牙,一切都大同小异,同样的苦难侵蚀着生活,欢乐总是转瞬即逝。苦难把成年人改造成凶残又偏执的孩子,将戏剧转变为仪式。眼前的一切并非尽是黑暗,但也绝非玫瑰色。这种忧伤,我和巴多在成长的路上并不曾了解,然而,命运之神终究会以某种方式,赶上我们,叫我们尝尝个中滋味。

这一次,我没有再去住旅馆,而是从莉斯住的公寓里租下了一间极其简单的房间。莉斯是电影学院的学生,我们是在巴士上认识的,从里加到塔林有4个小时的路程,我们就在车上聊了起来。她的祖母是俄罗斯人,不过住在拉脱维亚。事实上,巴士的座位都有编号,并且提前随机分配;我并非有意选择坐到一个娃娃脸的金发女孩身边。她长得中规中矩,是那种既非耀眼的美人也不难看的类型,但目光纯真,会说一点法语,身上透露出的认真和早熟,让我卸下防备。聊天中,我不知不觉把最近发生的一切都告诉了她。她说:

"显然,你爱美人。我也一样,爱情总是高于雄心壮志。"

15 每一片生命之海

"也许过多的爱会把所有人都杀死。我们会因一百种情感而瘫痪,被一千种欲望淹没。"

莉斯才22岁,不过据她说,她深深爱上过一个西班牙人,和他在巴塞罗那生活了一年,最后理智占了上风,她又回到了爱沙尼亚:

"我妈妈从来没上过学,我欠她一张文凭,从很小的时候开始,她就是这么规划我的。"

她提议以日租金的三分之一租给我这个单间,直至我找到奥菲利亚。这终究比旅店来得便宜,也更有意思。我房间里的窗正对着一个破败的中庭,海鸥时不时会在顶上盘旋,带来一些新鲜气息。

这房子虽然又破又旧,但还挺漂亮,里面有一张床垫和一张桌子——这就足够了。可有一件事叫我颇感意外:水龙头和门锁的操作方向都和我习惯的方向相反。起居室里有一个书架,上面摆放了许多稀有的书,我在其中发现了一部苏联版的《哈姆雷特》。

巴多的记性从来都不好,因此佩服奥菲利亚强大的记忆力,她能把莎士比亚的许多句子倒背如

流。巴多最终也记住了一句,有时高兴起来就会重复:

If music be the food of love, play on, give me excess of it...

如果音乐是爱情的食粮,那就为我演奏吧,尽情地演奏下去。

巴多正是这么做的,用他最擅长的形式——诗歌。那段时间里,他写的诗比往常多得多,笔记簿上满是潦草的字迹,每当奥菲利亚想听时,他就会念诗给她听,那通常是在深夜。我把这本笔记簿带在身边。

一天晚上,我买了一瓶上乘的法国葡萄酒和一些奶酪,来答谢我的房东。奥菲利亚一直没有现身,或许她在等待我们某天在街上偶遇?

尽管我费了那么大劲,但感觉并不太好,心中隐隐觉得焦虑。莉斯让我给她读我弟弟写的那些诗。每当我停顿时,她总是叫我继续。时间仿佛就

15 每一片生命之海

这样停止了:

那将会是场惊喜,奥菲利亚,顺着一段生命历程,来破译我们选择的年轮。

千万次肯定,又千万次否认,存在于基础之门背后的阴影普遍停滞。

时间的机器,因一再重复而变钝的牙齿,以公共交通节奏般复苏的怀疑,桌角的矛盾情绪。

那些不知如何爱您的男女,迟早都会选择忽略您,但那只是他们以为,实则是通过想念您来忽略您。

我曾相信,若能和你一样忘记一切或窜改一切,该有多好!

我渴望忘记我所期待的,我如痴如醉地渴望着。

只需前行。

一天感觉被拉长了,有240个小时,因为放慢节奏,那些不被理解的都变得清晰起来,在不抱任何期待的目光下,丑陋的事物也仿佛获得了启示般的升华。

你的双眸令我平静。

我们的身体彼此需要。

我们曾形同路人,可你突然出现,像是一个熟人,也许太熟悉了。

这是一场与时钟的赛跑,朝着指针的反方向。有机运动构成希望,然而没必要为了等待另一个人而活着,因为爱情或许不仅仅是构建未来的基础,更可能是过往的堆积。

有时我会整日整日躲在洞穴的黑暗中,不得不蜷曲身体,才能在过往的狭隘通道内坚持下去,即便四处碰壁、遍体鳞伤,仍追随远处的薄暮微光,即使认为自己已被世人遗忘,仍保持静默绝不叫喊哭泣。

我记得有一场音乐会,那是我们的第一次约会。

一栋建筑物的地下室,舒曼的五重奏在一间隐秘房间内上演,嘲弄这虚空的开场。

我边听边不耐烦地撞击墙面:为什么没能整个人灵魂出窍?

15　每一片生命之海

为什么音乐没有击垮我们，没能毫不留情地让我们瞬间心神不宁？

为什么我的奋力反抗与沉着冷静阻止我液化、蒸发，防止我消逝？

我们是否总在啃食空洞的骨头，耷拉着下巴，就像近视的看门犬？

崇高的事物是否总是拥有追溯既往的效果，能带来一场缓慢的大骚乱，如同太阳缓缓升起？

我看见你的手指跟随着钢琴家的指法。你是如此美妙动人，是因为当时的我已爱上了你，抑或你可能到来的死亡怔住了我？

散场后，我们踩着自行车离开，遁入夜色，去寻找属于我们的天线，接通我们身体的插座。城市的灯光在周围闪烁，仿佛迷失方向的狼群。

我抬起头，星星清晰可辨——我感到自己几乎就在那儿，几乎在场。然而我知道还有另一个我在看着这一切，我只是一个希望持久激动直到流下眼泪的人，希望仅仅通过命名一些事物来与这世界交融。

我告诉自己：这只是徒劳，但也许这是一个语言问题——不存在真正的母语，也没有一种语言真正属于我们，个人的，单数的，亲密无间的。

奥菲利亚，我有时隐约看见一个真相。地球只能为我们的副本提供庇护，每一个人只能以自己的孪生阴影存在于世。

天使在别处忍受不了氧气与腐败。

这里，唯有谎言可以忍受，通过隐瞒或宽恕。

然而，每一次见面，我总希望听见我们共同的语言，想遇见同类的双眼。我不断被相似性欺骗：接近的口音，共鸣的词汇。

当我想念你时，你是我放飞的紫色气球、石头的活力和当下的全部。

你成了我的真理。你灵魂的每一个音符，只消轻轻召唤，便会让我神魂颠倒。你将是那个驱散幻觉的人。

你的眼睛从不说谎，而许多人并非如此。当我回想起与他们的对话，便会看到他们目光中的沉沦。

有时候,奥菲利亚,我望着一块生锈的金属,觉得它如同一个老人,明知时日不多,依然顽强抵抗。

有时候,我就是那个老人,感到自己的皮肤像孩子那样舒展,直到我的面容如镜子一般光滑。

有时候,我发现自己站在一个十字路口中央,等待着真相的箭头,直至意识到这个地方时时刻刻都在变化——那些箭头与我擦身而过。次元随着每一记测量的节拍而改变。生命是一条章鱼,它的触手富有韵律,缓慢前进,每次呼吸都制造出相应的图像。

你和我是经过变形的。我们只是为了轻抚彼此的脸庞,才以人类的模样现身。当你在我耳边轻声低语,生活的头盔才缀上花朵,掌管命运的战士也不总是来杀戮的。

奥菲利亚,我们的命运真的很辉煌,它将通过陌生的道路凯旋。

以前的我像是一只拨浪鼓,摇摆不定,从现在开始,我要如同轴线一般坚定生活。

谁杀了诗人？

过去，我的口袋里揣满了弹珠，它们满出来，掉落在地，这种充盈在我看来似乎不可避免——那是个游戏。没有一个人了解一颗心能够到达何种境地。

昨天，我拿起一盒火柴，摇了摇它。

竖起耳朵，听见了让人惊讶的故事。那里面似乎正在进行一场火柴棒竞赛，即便因为盒子的关系，没有任何一根火柴棒可以逃脱我传递给它的节奏。每个火柴头也许都在梦想燃烧自己。

等待还是不等待。

来吧，过去的阴影，给我买一个冰淇淋吧，我想起那个几乎独自度过的夏天，任自己慢慢融化，在远离你的地方，和火柴们一起，奋力顽抗。

燃烧还是不燃烧。

我抵达了我的转折点，那是物质以外的显现，那是一个自杀女孩的名字，她要么拯救我，要么了结我，好让我重生。

我们是无法无天的孩子。

你，从金色的蛇中间穿行而过，梦中的雕塑，

15 每一片生命之海

散发着疯狂的欲望,是我的国度。

我在他人的沉默里见过太多悲伤。永远不要逃避爱情,因为这么做会陷入树的虚无主义:不在春天长出叶子,因为它们秋天就将掉落。时间会改变它们的色彩和形状。

有些人用它来织布,那必将不停重新缝补。

另一些人选择沉睡,于是他们的夜晚总是焦躁难安,相信,然后再也不信。

和你一起,我不会再坐着思考该干些什么——这是一次中止,情境的突然转变,一道裂痕,来自此时此刻的邀请。

因为我们打开了空间。

我们在彼此的废墟之上建起一座桥,脚下的这条河流,正流经每一片生命之海。

16
内在的危险

我感到时间每一天都在不断加速,空间则在不断缩减,词语的抵达变得愈加困难。

昨天清晨,2010年8月8日,幽灵男孩出现在了我的眼前。

我刚经历了狂乱的一夜,辗转难眠,咖啡并没有缓解我的困扰。我感到无法继续写下去了——心中有个声音在说,既然巴多不可能死而复生,一切皆是枉然。仿佛有一只冰冷的手套正在揉捏我的心脏。

我独自站在房间的窗前,既然一直没有奥菲利亚的消息,不如说说巴多爱情故事里那些还未透露

16 内在的危险

的部分。公寓出奇的静;莉斯也许还在梦乡,或者去男友家过夜了。我望着面前的窗户,没有一个人形浮现,好让我勾画出另一个故事。还是个孩子的时候,我就常常带着伤感,想象着住屋中昏暗的门背后,不同的生命线正在显现。

我还会在某个地方体会到在家的感觉吗?

到目前为止,弟弟这个形象在我的描述中或许过于理想化了。对我而言,他几乎是完美的,不过他并不善于做选择,因为在他看来选项似乎都是多余的,而做决定这件事也并没有任何深层的意义。他也不擅长融入社会互动的规则和仪式——我又在堆砌各种用语了:自从他去世以来,我总是润色笔下的句子,也许是借此隐藏自己的愤怒。近在咫尺的未来令我害怕。

莉斯说时间是我们的敌人,生命是不公平的。我不愿承认她说得对。

这几天我总有种似曾相识的感觉,仿佛这一切已经经历过。这难道是命运的暗示?

我在这儿,始终在我的房间里,脑子里几近疯

狂的想法让我心烦意乱,这时,一个声音从我身边传来,清晰可辨:

"是我给你打电话的。"

我看到了他,是个俊俏的男孩,和我弟弟小时候一模一样。

他坐在床边,彬彬有礼的样子,叫人动容。他的眼神异常坚定。

"没错,"他说,"你和他很像,但也不是那么像。是我用奥菲利亚的名义,给你发了短信。"

"原来你也懂得用这些常用的通信方式。"

"她不太喜欢我做通灵,她很怕见你。"

"你会通灵?"

"并不真是,但我可以投射。自从我开始好奇自己的父亲是谁开始。"

"但为什么是在塔林?"

"我想她自己也不清楚为什么,她总是往更北面的地方逃跑。你知道,她被吓坏了。"

"我不确定,你们应该让我来保护你们。你们现在住在哪儿?"

16 内在的危险

"在港口边,像是一个青年旅社。房子里面总是有许多人。有时候,我们会去散步,一直走到马亚美纪念碑,从那里可以俯瞰塔林湾。那里很美,我们在那儿眺望海平面,看一艘艘船慢慢离开。"

"具体在哪儿?"

"在城市的东北边。那儿有一个很大的海岬,矗立着一块石头方尖碑,旁边还有一个墓地。你可以和她在那儿说话。"

"今天吗?"

"很快,但现在还不是时候。你还没有把整个故事说完。"

话音刚落,小男孩就消失了。

*

我慌慌张张,迅速穿上衣服出门,决定前往马亚美纪念碑。从市中心步行到那儿至少需要1个小时,一个阴森可怖又无比动人的地方,有一座长得像剑一样的方尖碑。附近不见半个人影。一边是大海,另一边是一片矮树林。充满了泪水、欲望和虚空的云朵正试图占据天空。

就在这一刻,我知道自己再也没有退路,时钟的嘀嗒声愈发紧张,仿佛指甲在一下一下刮擦树皮,将我们与生命一分为二。

诗人的死还需要更多的鲜血吗?

我用手机拍下了这张相片,这像是某种预兆:

这座空落落的纪念碑最早是作为1980年苏联奥运会的宣传工具而建立的,和1936年纳粹在柏林举办的那届奥运会一样,苏联奥运会也曾遭到抵制。而如今,马亚美纪念碑则用以纪念第二次世界大战。几米开外,是同时埋葬着俄国士兵与德国战士的墓地。两个敌对阵营的人们在死后却你中有我,我中有你。

启示录般的风景。

巴多也许会觉得这里是神圣的。我似乎懂得了为何他有时候会谈起要和"智人"一起终结生命——在天真无邪的外表下,这个物种渴望恐惧,同时不断被残酷狂热的破坏欲所侵蚀。

16　内在的危险

　　2公里之外的树林后面,是苏联解体后的住宅,在一眼望不到边的彩色水泥房里,大多数住着说俄语的人。令人讨厌的建筑,阶级社会的残余。我在那儿待了2个小时,如同一个哨兵。

　　奥菲利亚始终没有现身。

　　我愈发感到一种内在的危险。

17
你想见我父亲吗？

2004年夏天，随着巴多开始在两人之间保持某种相对的安全距离，至少在他看来如此，奥菲利亚对他的爱似乎也越来越深。但他们的爱情并非没有问题：她常常对我弟弟在公众场合的肢体接触表示反感，大多数时候，她只愿意在房间里和他拥吻。即便是在私密环境下，她也并不是总能全身投入。她指责我弟弟耽于肉欲，在她看来，这是过度的欲望，与肉体的神圣性相悖。但有时，她又彻底受欲望支配，难以把控内心的激情之火，几近疯狂。巴多隐约感到这种失衡的状态应该和她的过去有关，然而对于这个话题，她始终讳莫如深。结果，他们之间发生了几次很不愉快的经历，巴多总以为又是一个新的谎言，这只是火上浇油，即便奥菲利亚看似竭尽全力想证明她所说的都是真的。

某天晚上，他们在巴士底歌剧院一起看了5个小时的瓦格纳歌剧《特里斯坦与伊索尔德》。第一幕终场时，奥菲利亚哭了。在随后的两幕剧中，她彻底沉浸其中，难以自拔，仿佛被活生生地烫到了一般。他在这对传奇情人疯狂的爱恋当中，隐约看到了某种预兆，他们首先选择了一同赴死，才产生的这段关联。如此强烈的情感点醒了她，或许她想要的是一种更简单的生活。

然而，她也感到巴多看她的眼神不如之前那样充满爱意了。自从她坦白自己根本没有得白血病之后，巴多对她的说法就变得半信半疑。

一直以来，她都住在斯皮尔斯维克的工作室，有时在那儿帮艺术家，有时也会自己创作一些画。没过多久，巴多就得知她们俩时不时会睡在一起。有一天，那是奥菲利亚来到斯皮尔斯维克工作室的两个星期之后，因为一整个下午都在搬重物，她弄疼了自己的背，斯皮尔斯维克不停地对她嘘寒问暖，还给她做按摩。这种感觉对奥菲利亚而言太新鲜了，她发现自己的身体能够完全享受这种快乐，远离男性的威胁。

所以那个夏天，在他们之间形成了一个奇特的三角契约：斯皮尔斯维克唤醒了奥菲利亚身体中缺失的温柔与肉欲，而奥菲利亚也略微开放了一些，和巴多分享单纯的欲望。要适应这样的情节走向，巴多也经历了一些纠结，但既然身为诗人就意味着应该是开明的。也因为这样，他认为能够借此锻炼一下自己承受孤独的能力。他骄傲地说，一匹独狼，永远无法忍受和他人长期相处，即便是和最亲爱的人。

之后的很长一段时间里，他们看似相安无事，又各自经受百般折磨。有天晚上，他们在斯皮尔斯维克的工作室共进晚餐，窗外已是秋天的味道。艺术家提议一起玩填字游戏。或许与当时的情境并不搭调，抑或因为西班牙红酒的关系，那晚的三人聚餐格外开心满足,即便当巴多玩到了"偶然"这个词,感到了某种暗示。

他自始至终都坚信词语的力量。由于这突如其来的启示,他仿佛拨云见日,意识到自己经历过的所有美好的事物皆为偶然,因此必须学着比以往更放手,不再奢求掌握自己的意志。要学会利用风,而不要把目标港看得太重要。

那天夜里,奥菲利亚同他一起回到他的住处。夜已深,奥菲利亚已经睡了,可偶然的念头还是在我弟弟的心头挥之不去。他起身,在想词语的力量究竟有多大。他顺手拿起一本辞典,随便翻到一页,闭上眼睛把手指按在纸页上,睁眼,惊讶地发现,他的手指落在"骚扰"这个单词上。紧接着,他从黄页里随便挑一个陌生人的名字,开始拨电话号码,话筒里传来一个女人半睡半醒的声音。巴多一句话都没敢说,就匆匆挂断了电话。

"你半夜是在给谁打电话?"

身后是奥菲利亚的声音。巴多像是个犯了错的孩子,支支吾吾道:

"一个女的……但我不认识她。"

"那还比较让人放心。你想要她干什么？"

"嗯……想骚扰她？"

她不禁发出一声冷笑：

"很高兴知道你也会变得这么可笑。有朝一日，我会告诉你被骚扰是怎么回事，而且不是被一个陌生人骚扰。"

"你现在就告诉我。"

"你不是诗人吗？那你应该自己发现和明白。"

不用说，从那一刻起，巴多便放弃了这个想法：反复向某人发起不必要的攻击，这可以被视作是骚扰。然而，他仍然没有立即放弃偶遇，尽管和奥菲利亚的关系弱化了这个念头，可他还是想变得更加开放一些，似乎这样做可以让他面对斯皮尔斯维克时显得更有底气一些。

每当空气变得沉重，诗人便会出于本能，立刻变身为一个小丑。隔天晚上，他独自来到一家距离蒙帕纳斯大厦不远处的保龄球馆。保龄球是他在办公室的字典上胡乱翻到的单词，这在他看来似乎相当契合,最近的他,不正如同保龄球比赛上的一只狗——备受冷遇吗?①

于是,他换上了三色保龄球鞋,掷出不确定的球,思考自己究竟在那做什么。隔壁球道,是两个醉醺醺的魁梧少年,他们总是做出一些笨拙的动作,显得夸张,看起来很危险。其中更壮硕的那个一不留神把保龄球往左边扔去,径直打到了巴多的脑袋。

我弟弟当场倒下,不省人事。

他醒来时已在医院,头上起了个大包,头痛得厉害,所幸头盖骨没有明显的损伤。

奥菲利亚坐在医院的白色床边:

"怎么回事?最愚蠢的意外是……"

"我们是偶然产生的结果。"

"我发现你最近的确有些孩子气。"

"奥菲利亚,我爱你……也就是说,我做好准备为你去死。但你不能再离我那么远了。我需要知

---

① 出自法语习语"être reçu comme un chien dans un jeu de quilles"。

道究竟是什么在折磨你。"

她看着巴多头上缠着的绷带,深深地吸了一口气,说:

"你想见我父亲吗?"

18
消失在黑夜之中

自从在医院的那张病床醒来，睁眼看到奥菲利亚散发着母性光辉的脸庞，巴多认为自己又全身心地爱上了她。很快，他们便起程前往英格兰，来到奥菲利亚出生的地方。那儿离斯特拉福德非常近，她正是在这个充盈着莎士比亚氛围的世界里成长起来的。

上一次见她父亲已是近一年前的事了。她看起来非常紧张，但想到能趁此机会再次见到威廉，她又感到些许慰藉。旅途中，她常常凝视着我弟弟的眼睛。直到现在我才意识到，她应该是期待这次旅行会带来某个奇迹，像是某种权力移交。奥菲利亚相信巴多足够强大,能够毫发无损地打败凶残的巨龙,在不折损自己羽翼的情况下改变事物的秩序。她是否清楚自己正让巴多承担怎样的风险?

他们搭乘火车直达伦敦,随后换坐巴士去往英格兰乡间。那天夜里飘起了蒙蒙细雨,奥菲利亚家族的房子坐落于牛津市中心几公里外一个名叫斯坦顿圣约翰的城镇。这是一栋带有白色窗框、用石头砌成的乡间别墅,身处一片有序的风景中央,但在其巧克力盒子般规整的版图背后,暗涌着一股奇异的强大力量:一座酷似古堡的教堂威严地俯视此地。

作为一名研究莎士比亚的资深专家、权威教授以及诗人拜伦的后代,彼得·洛夫莱斯在牛津小有名气。他的学生中,有的敬仰他,有的厌恶他,但更多时候大家对这个步态僵硬、博学又冷酷的男人心存畏惧,他的坏脾气在大学校园里也是尽人皆知。很久以来,学生们暗地里给他起了一个反讽的绰号:"勒夫菲斯"(爱之脸庞)。①

---

① 勒夫菲斯(Loveface),对他的姓氏洛夫莱斯(Lovelace)的谐拟。

初次见面时，出人意料，他对巴多和奥菲利亚情侣的态度还算亲切，甚至面露倦意，似乎变身为一个决定不再折磨自己女儿的老男人。或许这是一种可怕的猜想，然而亦并非不可能——巴多的出现，无意中再度唤醒了彼得·洛夫莱斯的嫉妒心与恶毒的一面。在火车上，奥菲利亚曾试图警告巴多：

"别说你是个诗人，他不会明白的。就说你是个建筑师，那样就很好。"

第一天晚上，奥菲利亚父亲的话不多，巴多猜想也许他正沉浸在自己的回忆里，回想过去发生的事。起先，他对女儿的态度既没有特别苛刻，但也谈不上温柔。然而几个来回，他的眼里便没有来由地满是泪水。

相反，被冠以"不正常"之名的威廉，他的反应却显得更为自然：自从前一年冬天和姐姐失去联络后，面对奥菲利亚的突然出现，这个大男孩简直兴高采烈，尽情地表达自己的喜悦之情。他在客厅摇动着双手，来回走动，仿佛要释放出身体里过量的电流，紧接着又像一条小狗般依偎在奥菲利亚身边。他壮硕的身躯里驻着一个失落的孩子的灵魂……

第二天，奥菲利亚决定起来准备早餐，威廉心满意足地在一旁打下手，巴多则在客厅书架上发现了许多珍贵的书籍——书的年代在拜伦这儿戛然而止。显然，对于彼得·洛夫莱斯而言，文学定格在了1820年之前。

下午快1点时，教授下课回来。于是，桌上的谈话勉为其难，看起来父亲为此费了很大一番努力，他用娴熟流利的法语向巴多抛出问题：

"奥菲利亚告诉我你是个建筑师？那很好。"

"是的，不过只做半天。"

"半天？这是什么奇怪想法！那你剩下的时间做什么？"

奥菲利亚打断道：

"这不重要，父亲。"

"这么说，年轻人，你每天花一半时间做一些无关紧要的事。"

"可以这么说。"

"究竟是什么事,该不会是什么不能说的秘密?但愿不是我女儿占用了你太多的时间。"

"这的确是个秘密:我写诗。"

彼得·洛夫莱斯手里的餐刀掉到了桌上,整个身体都僵硬了。顷刻间,他神色大变,不再是一个老年人的样子,而更像是个怒气冲冲的军官。他看着奥菲利亚,问:

"诗人?"

"是的,诗人,如果可以这么说的话。"巴多紧接着说。

"天方夜谭!"

"为什么?"

"因为莎士比亚才是诗人!还有你们法国的拉辛,或者奥维德,还有其他一些,他们曾经是诗人。就这些了,其他人都不能算!没有悲剧,没有至高的理性,诗歌就无从谈起。如今,我看到的都是些不明所以、发育不全的人,他们却口口声声自诩为先知,就好像无头苍蝇,只喜欢盲目跟风。如果一个人不是几何学家,他就不够资格进入诗歌的殿堂!"

巴多沉默了一会儿,问道:

"那您的先人拜伦呢?"

"必须承认,他只是半个诗人。拜伦在希腊去世绝非偶然,濒临灭亡的文明做出了最后的呼喊,与他一同消散。诗歌与多愁善感的浪漫主义一同埋入了地下,美德终结了。"

"你是说,诗歌是关乎道德的事情吗?"

"我不是在谈论道貌岸然的伪善,而是男人的勇气。"

"我认为正是一些和您一样的评论家葬送了诗歌,由于你们对文本的解读和缺乏想象力的诠释,让诗歌走向了终点。"

彼得·洛夫莱斯一言不发,紧盯着奥菲利亚。眼神里会有不怒自威的劝诫意味。她默默低下了头,一脸茫然。父亲再度流露出奥菲利亚再熟悉不过的刻薄表情,也可能是为了表达对巴多的蔑视,他话锋一转,问自己的女儿:

"在巴黎,你去过母亲的墓地吗?"

"去过,父亲。"

"你母亲是个疯子,那是她法国血统的一部分。"

威廉在一旁不断发出类似呻吟的声音,开始前后晃动脑袋。巴多觉得有必要说些什么:

"事实上,我不认为法国人有那么疯狂。"

"先生,these times of woe a ord no time to woo。"①

"莎士比亚,《罗密欧与朱丽叶》。"

"啊,你还不算太无知……"

一阵漫长的沉默之后,我弟弟决定缓和一下尴尬的气氛,他提到了在偶遇奥菲利亚之前不久读到的关于莎士比亚的那个传闻,《罗密欧与朱丽叶》初版曾遭到教堂的查禁。教授听到这里两眼放光,兴奋地接过了话茬:

"我听说过。首先,你得清楚莎士比亚本人对

---

① "在这哀伤之时,不便示爱",出自莎士比亚《罗密欧与朱丽叶》第三幕第四景。

于手抄本这件事并不怎么上心。我们几乎没有任何经他亲笔写下的手稿，他的剧本都是由他的好友重新誊写的，通常是剧团里的演员们。因此，谈论他作品的初版，这有点不知天高地厚。"

"传说两个人相互望着对方眼睛……"

"是的，没错。我记得在学校图书馆读到过，一本古书里隐约提及过这个。"

他站起身，又补充了一句：

"如果你觉得这有意思，明天可以去找找这个神秘的句子。多和莎士比亚打打交道，对你很有好处。"

"你会帮我们吗，父亲？"奥菲利亚抬头问道。

他犹豫片刻：

"看看吧。我觉得，这个假想的查禁故事是一个文坛轶事。"

牛津大学之奢华令巴多大为惊叹。博德利图书馆位于五柱式塔的内部，那是一座由各类风格拼凑混搭的柱子构成的堡垒建筑。洛夫莱斯教授亲手签署的条子让他们顺利进入了这片属于莎士比亚研究的浩瀚海洋——莎士比亚的对开本作品在这里得到精心的保存，并进行了数字化处理，图书馆以此引以为傲，其中有些书已有超过400年了。

多亏父亲的指引，这对情侣只用了十几分钟，便从茫茫书海中发掘到一本17世纪的古书。奥菲利亚从中辨认出书中的索引，包含一个小的章节，正是劳伦斯神甫在罗密欧与朱丽叶婚礼上说的那句遭到查禁的话。

无论这是真的还是文学史上的一次虚构，这段遗失的段落被完整地誊写在此：

如果有一天，你们被失望沮丧所笼罩，亲爱的孩子们，如果有那么一瞬，在你们看来，死亡仿佛一场诱人的旅行，888次呼吸的时间，记得凝视彼此的双眼，心无旁骛，互望对方。你们的未来将就此改变。

"888次呼吸，好像很久。"一走出图书馆，奥菲利亚就忍不住说。他们正径直往学校的大公园走去。

"根据有的说法，一次呼气或一次吸气大约间隔4秒，那888次呼吸可能就需要1个小时。"

"我不相信可以看着对方的眼睛那么长时间。"

他们不约而同地停下脚步，注视着彼此的眼睛。巴多看起来深情而严肃：

"我不喜欢你父亲对待你的方式。"

"我们马上离开。到这儿来是个糟糕的决定。"

"你们之间发生了什么？"

"回巴黎我再和你说。"

"你确定？"

"我尽力。"

当天的晚餐时间再次上演了一场危机。当彼得·洛夫莱斯带着明显的讽刺口吻，询问这对情侣是否打算结婚时，补充说，基于《罗密欧与朱丽叶》的内容建议，似乎还是永远别结婚的好：

"显然，巴多先生，虽然你有个可笑的名字，你已经成功让我的女儿爱上了你。这本身已是缺乏品位的表现。你也已经明白,对洛夫莱斯家族而言,自乔治·戈登·拜伦以后的诗人都不会被我们承认和接受。或许,我们还不像埃达·洛夫莱斯的母亲那样严厉,意识到除了数学以外还有其他学科领域会有很好的出路,比如法律、建筑,甚至是做一名有声望的教授。然而,诗歌在如今只可能是一项堕落的活动。"

他似笑非笑地继续说:

"我绝不容忍水果里有一条蠕虫。"①

奥菲利亚向巴多使了个眼色,他明白,此时此刻,面对她父亲的挑衅最好保持沉默。然而奥菲利亚自己却激动地回应说:

"那在拉雪兹神父墓地去参加那些陌生人的葬礼,这也是堕落的行为吗?因为,亲爱的父亲,自从我到了巴黎,已经做过两三次这种'活动'了,我想了解亲历某个人的葬礼是一种怎样的感觉,目送一个人被埋入土中,而不只是眼看他们原地消

---

① 蠕虫(vers)在法语中兼有蠕形动物和诗句的意思,取义双关。

失,像是被施了什么魔法。"

彼得·洛夫莱斯转头看着巴多,一脸虚伪的无辜:

"你看,她总是喜欢提这个。我那是想要保护她,那时她才10岁。我想,如果亲眼看着她站在自己母亲的木棺旁经历这一切,未免太残酷,我绝不忍心。我会彻底心碎的。"

奥菲利亚冷冷地说:

"你根本没有心。妈妈自杀后,你欺骗了我好几个月,一直告诉我妈妈还会回来。我以为是她抛弃了我们。"

"的确如此,这就是她所做的。她是个懦夫。"

"那是因为她受不了你对我动手动脚,还睡到了我的床上!"

"你和你的母亲一样疯。你想要让你的这个抒情诗人相信,你有一个乱伦的父亲吗?在这件事中,如果有一个受害者,那就是我。如果独身一人,我可能会功成名就,就和洛夫莱斯家族里的许多人一样。比方说,写一部伟大的书!婚姻和女人就是葬送雄心壮志的坟墓。你母亲选择自杀,正是想让我带着负罪感度过余生。"

巴多用挖苦的口吻打断说:

"你甚至可以成为一名伟大的诗人。"

奥菲利亚转向巴多,眼里满是泪水。彼得·洛夫莱斯紧紧握着手里的餐刀:

"你们两个都给我滚,不然我杀了你们!"

坐在父亲对面的威廉仿佛一直在神游。此刻的他也抓起了一把餐刀,大声重复道:

"杀!杀!杀!杀!……"

1小时后,他们两人坐上了计程车,离开斯坦顿圣约翰回法国。车里,巴多紧紧搂着奥菲利亚,他看着窗外镇子里的教堂,渐渐消失在黑夜之中。

19
也许她想保护他

回程火车上,奥菲利亚几乎没说话,偶尔选择性地做出一些回应。巴多也不勉强,只是尽其所能地温柔待她,同时试图整理纷乱的思绪。这对父女之间的乱伦故事吓坏了他:这会不会又是一个新的谎言?

对所谓的普通女孩,巴多总是兴趣索然,但在追寻她们的路上,他终于在悬崖峭壁边找到了一朵与众不同的花,一朵藏匿在荆棘之下的带刺玫瑰。回到法国后的日子里,奥菲利亚一直躲在斯皮尔斯维克家里,拒绝见他。

他给她写信,可她一直不答复。这场较量持续了一个星期,这段时间里,面对奥菲利亚无止境的沉默,我弟弟无能为力,极为愤怒。最终,还是她打电话联系他,提出一起去圣克卢公园散散步。

他在离自己家不远的地方和她见面,公园的最西边,附近有一片精心养护的农场,那儿有成群的绵羊,远处还有一匹酷似独角兽的白马。奥菲利亚慢慢走近,巴多的心越跳越快,她仿佛一枚阴性的惊叹号,混合着同情、仰慕和欲望的浪潮,向他袭来。她身着一条短裙,与这个季节格格不入。

"我很想你。"他小声说。

她没有回答,还是介于点头与摇头之间的微妙动作,不置可否的样子。

那是2004年10月14日,一个星期四的早晨。两人一言不发,空荡荡的小径上,陪伴他们的只有层层叠叠的树荫。他们手牵着手,随着愈来愈深入空无一人的公园,他们的心情也愈发轻松起来。两人躺在草坪上,热烈拥吻,甚至在树篱的阴影下做爱。

或许你就是在那一天被怀上的,贝纳尔多。

奥菲利亚向他展示自己的手臂，或者，是她刻意想摆出某个姿势，好让他发现，像少女那样她在手腕那儿，割腕自杀的位置，用圆珠笔写着："我爱巴多"。

当我弟弟看到这几个字时，愉快的心情瞬间灰飞烟灭。

他暗自想：原来她需要用做笔记的方式记住这件事，如同记录一个电话号码；她太过变幻莫测；对我的爱可能只是间歇性的，抑或，这次前往伦敦的旅行把一切都搞砸了。

他起身，内心深处温存难续，一阵难以名状的恶心涌上胸口。

他尽力掩饰自己的困惑，勉强地笑笑。她说：

"我冷。接下来一段日子，我们不必再见面了。"

"我甚至已经无从判断这是真是假。"

"什么？"

"你是真冷还是热，我已经完全无法确认你的感受。"

她沉下脸，站起身，威严地说：

19 也许她想保护他

"无论如何,我会回牛津。"

"你怎么还能回到那样的家里,如果那家伙和你说的一样邪恶?"

"那家伙是我的父亲,威廉也需要我。我也不想继续这种偷偷摸摸的日子了。"

"那我和你一起。"

"不,那样会更糟。我会尝试平息一切。这需要时间。我会回来的,我必须单独面对我父亲,这是最后一次。否则,我将永远不得安宁。"

他们肩并肩继续走了一段,她突然停下脚步:

"我一周后走。"

"这太荒谬了,我不许你这么做。"

"只有我父亲可以禁止我做事……"

他们在圣克卢桥上分别,没有亲吻。

巴多步行穿过公园,前所未有的孤独感袭来,将他击垮。不到1个小时之前,他还感到自己是那么幸福。

三天过去了,两人互不相让。奥菲利亚没有回复任何消息。

2004年10月18日,心灰意冷的巴多决定回到曾经的秘密基地——凯旋门的天台,庆祝自己再度回归孤独。

自从他在车流中追上奥菲利亚的那天起,时间已经过去7个月。从天台的视角望出去,巴黎似乎一切如故,对于流连城市间的曲折情节、痛苦或欢喜,他都不为所动。和过去一样,他靠近雄伟的平台边缘,低头俯瞰,感到一阵眩晕。

他深吸一口气,愣在那里。

他感觉很糟,比往常更糟,害怕即将到来的日子。微风轻拂他的脸,他双手抓着防跌金属栏杆,可身体仍不由自主地向前倾。

他隐约听见了奥菲利亚的声音:

"你做得到吗?"

他转过头,这不是什么幽灵,她是真的站在他身边。

这一次,他们的相会不再是偶然,因为他告诉过她这个私密的仪式:她清楚在星期一的晚上,在这片观景台,会有一定概率见到巴多。她是专程前来的。

他露出微笑：

"你留下了吗？"

还是那个模棱两可的动作，点头又好似摇头，像一只猫。她并没有回答，也爬上了平台边缘，站到巴多的身边，两人之间仅有几厘米的空隙。

"没有，"她说，"我得去面对他。我看不到任何其他出路。除非……"

巴多注视着她的眼睛深处，感到很惊讶，相信明白了她的意思——这可能吗？她想和他一起纵身跳下。这个想法加重了他的眩晕。和他一起坠入死亡，也许会成就一场胜利，唯一可以想象的凯旋？

他挺直身子，她也模仿他的样子。他们的肩膀彼此碰撞，如同那次在通往共和国广场的地铁车厢里一样。这一次，他终于可以掌控整个局面。这个时间点，游客已很少，但他们还是必须迅速行动，才不至于引起别人的注意。

他们望着彼此，有了相同的想法：终结这一切，一起去赴死。

一眨眼的工夫,他们就跨越了细细的安全护栏,没有任何人留意。两人都感觉快做好纵身一跃的准备了。身处整个世界之上,真让人兴奋。

但突然,他们又感到腹部产生了同样的感觉,仿佛一只冰冷的手正在撕扯他们的心。两人几乎难以呼吸。奥菲利亚脚底打滑,差一点失去平衡。

巴多将她拉了回来,紧紧握着金属栏杆。他们不再俯视遥远的地面,而是凝望着对方的眼睛。

那一刻,语言是多余的,彼此的默契让他们不约而同想到了888次呼吸。他们开始大声数数,站在这虚空的边缘,四目相对,手牵着手,两人的脸上时不时掠过微笑和愁云。

17、18、19,他们在心里默默数着每一次吸气呼气。呼吸达到了完美同步,眩晕的感觉似乎也在不自觉中消散。

"你们不能待在那里。"一个声音打断了这场仪式。

那是凯旋门的一个保安。他们很快就被赶到了底层,离开了这座纪念碑。

19　也许她想保护他

三天以后,奥菲利亚动身前往伦敦。

1个月后,她逃往汉堡,只给巴多留下一张纸条:"不知为何,但相比其他人,他更恨你。他比我强大。"

5年以来,奥菲利亚一直拒绝再见我弟弟一面。在她仅有的几次回复中,她承认自己已不再爱他。也许是想保护他。

20
我是巴多

生活不是小说,你无法改正或修订正在经历的一切,只能躲在屏幕后面,在事后凭借经验和逻辑,将此前发生的每个环节相互关联。而2010年8月14日,在几分钟内,以最不可思议的方式,结束了这场悲剧。

这一切发生得太快,在这场人们称之为日常生活的集体幻觉中,每一个切片都变得如此不真实。

那一天,一个传闻在整个塔林市流传开来。

有人建议千万不要出门,有一片放射性云朵将飘至城市上空。数公里外的乌克兰切尔诺贝利遭遇热浪席卷,当地的森林大火已经燃烧了三天三夜,那里也曾是人类史上最严重的核事故发生地。由于核污染地区的持续燃烧，大火将放射性核素释放到了空气、泥土和腐殖土里，风和雨水又携带着这些放射性元素来到几百公里外。而那一天，正是奥菲利亚和我相约马亚美纪念碑的海角见面的日子。

我有5年多的时间没见过她了。距离我弟弟去世也有3个月了。原先我认为是她间接造成了这场悲剧，因而心生仇恨，可如今这股仇恨已有一部分消散在芬兰湾。现在我更多地感到对小贝纳尔多有一种责任；就像我弟弟嘱咐的那样，我必须担起照顾这个5岁陌生男孩以及他母亲的职责，无论付出怎样的代价。

在一场可能带着核辐射的细雨中，我沿着港口慢慢踱步。口袋里，是巴多没有机会交给自己儿子的那支木质万花筒。

我大概花了三四十分钟登上这座纪念碑。天色渐渐打开。我穿过长长的混凝土斜坡，来到纪念碑的中心。那儿只有我一个人。身处这巨型石剑的脚下，仍然被一股巨大的荒芜感包裹，和一周前来这探路时的感觉如出一辙。

晚上9点,我在这儿独自等待。此时,美丽的晚霞正照耀着塔林湾。

似乎是接替太阳,奥菲利亚幽幽现身。

身材修长的她,牵着神秘的贝纳尔多。看着她缓缓靠近,我终于理解了弟弟对她的感受:一种混合了同情与爱慕的感情。当他们俩距离我仅有10米远时,我发现那个男孩无所畏惧的样子,散发着神一般的灵光。

她尴尬地伸出手,又看了看贝纳尔多,说:

"你们两个应该已经认识,我想。"

贝纳尔多默不作声,可他深邃有力的目光正与我对视。他看起来和灵魂显现时并无二致,尽管今晚的他有骨有肉,却似乎更显空灵飘逸。一股强烈的欲望油然而生,我想更多地了解他、更好地爱他,把他视为一个普通孩子那样去感受,越过他不真实的一面,看着他玩耍、学习,看着他日复一日逐渐成长。他和我30年前认识的巴多是如此酷似。

我感到自己是多么愚蠢,过去的我也总习惯把

自己和弟弟做比较。我对奥菲利亚说:

"为什么选择在这里见面?"

"贝纳尔多非常喜欢这个地方,总爱在士兵墓地走来走去。"

向左远眺,是塔林老城房子的侧影。我建议一起慢慢走回去,趁天色还不太晚。可就在这时,奥菲利亚望着我的身后,发出一声惊叫:

"威廉!"

我转过身,依稀看见一个怒气冲冲的身影,独自从树林间的铺石大道中间向我们走来。刹那间,我认出这正是克雷斯警官监控录像里的那个嫌疑人球迷。

威廉的手里好像还拎着一件令他不自然的东西,而他身后的斜坡上,一个步伐僵硬的身影渐渐浮现,那个人正是彼得·洛夫莱斯。

他们越走越近,我终于看清威廉手里拿的是一把手枪。

彼得·洛夫莱斯露出讽刺的神情,说:

"我讨厌旅行。一年里,又是汉堡,又是塔

林，我快受不了了。"

我难掩怒色，回头质问奥菲利亚：

"是你告诉他我们会在这儿的吗？"

教授紧盯着我的脸：

"见鬼，你果真和他一模一样。待会儿威廉不得不杀同一个人两次。"

他拍拍贝纳尔多的头，小男孩一言不发，始终保持庄严的沉默。洛夫莱斯迅速收回手。

"多亏了这个小家伙，我们才能在这儿。这指引太棒了，方式如此特别。他会现身告诉你去哪里，几天之后再去下一个地方。如果没有他，我永远不可能追踪奥菲利亚到汉堡。"

我看着小男孩，不寒而栗。奥菲利亚使劲摇头，满眼是泪。贝纳尔多只是平静地看着我们，用坚定的声音和超越他年龄的清晰口齿，说：

"监控录像里有一些事情，是你们从来没有发现的。我看到了思腾舒兹堡地铁站事件的全过程。那天，威廉并没有彻底失去平衡，但巴多必须死。为了重生。总之，在最后一刻，是我鼓励他跳下去的,他想这么做已经很久了。"

也就是说,是儿子杀死了自己的父亲。

我大喊道:

"为什么?"

这孩子——这真的是个孩子吗?——他仍不为所动:

"那样他才能够回来,变得更加坚强。很快就会回来。"

威廉并不很清楚眼前究竟发生了什么,正危险地把弄手里的武器。彼得·洛夫莱斯从他手中夺过了那把枪:

"结束这场混乱吧。"

贝纳尔多看着他:

"你是个懦夫。"

"你看看这个!"

"只有懦夫才需要动用武器,一个超感诗人只会运用他的精神力量。"

教授恼羞成怒,不耐烦地问:

"一个什么?奥菲利亚,我们就要一起回家了。

和这个诗人的化身还有你这个堕落的儿子永别吧。"

"你疯了!"我怒不可遏地厉声喊道。

"真正的男人会平等地决斗,外公,"小男孩始终心平气和,"你可以选择武器。"

"我已经有一把枪了,小蠢货。他比他父亲更不可理喻。"

"那就让我来选择武器吧。"

彼得·洛夫莱斯勉强挤出一丝笑容:

"你的武器是什么?你的小拳头吗?"

"我的眼睛。"

"眼睛?"

"我提议来一场决斗。在888次呼吸的时间里。"

"一派胡言!莎士比亚从没写过这个。"

"那就更没有什么好害怕的,你之后有的是时间来干掉我们。"

"可是小东西,你这个提议真是无聊透了。"

"如果你还有一点荣誉感,你就应该接受。"

"啊,你是在拖延时间吗?你自以为是能一眼看清一切的精美吗?只要我还活着,孩子们就要尊重他们的父亲。威廉,好好拿着这件武器。如果他们想把它抢走,打算活着开溜,你就开枪。但别对准你姐姐,听懂了吗?"

威廉发出了可笑的哼哼声:

"杀!"

于是,我和奥菲利亚目睹了这个诡异的场景:小男孩和他的外祖父在海角边面对面盘腿而坐,俯瞰着道路和海面。天空被染成了火红色,再过1个小时,就将沉入黑夜。小男孩请我大声数出他们的每次呼吸,每次呼吸大约间隔4秒钟。他补充道:

"如果我们中间有一个人移开目光,对方就能获得手枪,想做什么做什么。没问题吧?"

彼得·洛夫莱斯意识到自己已经没有任何退路,便盛气凌人地说:

"我准备好了。"

贝纳尔多示意我开始。他毫无表情地注视着彼得·洛夫莱斯充满敌意的目光。我开始计数:

"1,2,3……"

两人看起来都很镇定和果断。我一边数,一边颤抖起来：

"33，34……"

他们依然盯着对方。

彼得·洛夫莱斯似乎占据上风，也可能只是因为他居高临下地注视着男孩。

"55，56……"

两人好像从来没有见过对方一样。

"88，89，90……"

过往的景象历历在目，他们看到一张张熟悉的、亲爱的、狰狞的或了无生气的脸。

两人的心跳明显变缓。

"121，122……"

他们已看不见对方的眼睛，纪念碑上方仿佛有几十个视角交织在一起。

他们透过对方的灵魂看到了这个世界，洛夫莱斯的世界如同遭遇破坏的战场。

"253，254……"

他们感觉自己已经变身为对方，彼此了解一切。彼得·洛夫莱斯两眼流泪，满头是汗，但目光仍然坚决。贝纳尔多却不如之前那样沉着。眼前目睹的一切好像令他害怕,好像他就要高喊出声。

但他最终坚持住了。奥菲利亚抓着我的手,几乎难以呼吸,她时不时地看看威廉,示意他把枪交给她。可是她的弟弟退后了一步,脸上除了愚钝和失落,更写满了迷惘。

"306,307……"

孩子和他的外祖父已经忘了自己身在何处。

他们不清楚自己究竟是被人类还是鬼魂围绕着。

或是同一个灵魂的某些部分。

"482,483……"

他们仿佛正一点点地经历生命的每种形态,成为一个老人,然后是新生儿,成为一棵树,然后是一座墓碑,成为树根、空气、海角的岩石……

"500,501……"

一阵如火的旋风穿过他们灼热的身体。

彼得·洛夫莱斯的脸变得越来越扭曲。

我看见一滴眼泪流在孩子的脸颊上。

"644,645……"

他们感觉自己成了海水。水里漂浮着美人鱼流血的尸体。教授的脸涨得通红。而他们的目光始终没有避开。

"776，777……"

从那时开始，我已无法用我贫乏的词汇描述他们的精神状态。我想孩子的灵魂和他外祖父的灵魂已混为一体，如同热恋中的爱侣合二为一。

"886，887……"

彼得·洛夫莱斯闷叫了一下。

他的头倒向前方。

身体一动不动。

贝纳尔多站起身，仿佛被附身一般，呢喃道：

"我的名字叫巴多。"

奥菲利亚冲向她的儿子，把他紧紧拥入怀里，泪流满面。威廉扔下手里的枪，好像是丢开一个烫手的东西，野兽般哀嚎着，和他们抱在一起。而那时的我，趁机迅速捡起那把手枪。

孩子慢慢地回过神来，微笑着望着我，兴高采烈：

"我是转世的诗人，我叫巴多。"

21
宛若梦中

将近夜晚11点,在我们打完电话不久,救护车抵达了马亚美纪念碑。彼得·洛夫莱斯被确认已死亡,官方给出的死亡原因为:前往爱沙尼亚与自己亲爱的女儿重逢期间,因突发心脏病去世。

在离开这片海角前,我抬头望了望天。一颗颗星星正在显现,一闪一闪的。威廉在她姐姐的怀里大哭。我的目光停留在那把用石头锻造的长剑上。小巴多走近我,问我有没有万花筒。还处于震惊之中的我梦游般地从口袋里掏出了万花筒,递给他。

他在地上挖了一个洞,把它埋在纪念碑脚下的土里,说:

"这不再是一把剑,而是一座方尖碑,是拥有至高无上价值的石柱。"

我在2010年8月28日写下了最后这几行。我暂时和小男孩,还有威廉一起住在奥菲利亚所继承的斯特拉福德的那座乡间别墅里。这里环境优美,树林葱郁,十分美妙。我弟弟说得对,教堂在这儿仿佛一座强大的古堡。那么久以来,我第一次能够说自己快乐,尽管依需要花很多时间来弄清自己究竟经历了什么。

多亏奥菲利亚,我找到一篇此前从未读到过的我弟弟写的文字,5月初写的。我在此附上全文:

我在沙漠中行走了20个世纪,历经风暴。

我仿若森林底下涌动的火山熔岩般奔跑。

我将真实推向极限,一切事物都可穿过我的身体,包括墙壁;而食物却非常罕见。

丝线维持着,闪烁着纤维的光芒,固执而任性。

我看着自己的双手,它们好像可以自给自足:我在上面呼吸了一口,那是正午的热风。我一方面消失

21　宛若梦中

了；另一方面身披波纹状的皮肤，成倍重生。

时间之神热爱心醉神迷的回声，潜入地下的肉体，不久后将在经过磁化的地方再现。

至高价值的时代已经来临，那就是"超感诗人"的时代。

你们的印象将被再次颠覆，朝着相反的方向摆荡。有时候，你觉得被陌生人包围；另一些时候，又仿佛面对燃烧的镜子。悠着点吧……

你喃喃低语：我会继续相信我的感觉、跟随我的情感前行，点燃我的想象力，渴望离开这片半明半暗剪影般的土地。

至高价值的时代，"超感诗人"的时代到了。

当古老文明彻底崩塌之时，爱将会指引你穿过黑夜。

重中之重是，行动起来，去创造世界。

这个世界的伟大命运似乎始终与我们同在。然而这取决于我们的欲望和毅力。我们大步流星穿过城市，一切依然太过严酷，我们轻抚石头，掌心颤抖。那些认为我们疯了的人，把我们判了死刑。我们是新生儿。

有时，我们中的某个人提及爱情时，仿佛在谈论可爱的武器。另一个人会回答："谁爱得深，谁就懂得惩罚。"其他声音此起彼伏，他们一一列举，比如善良的巧合，神奇的同谋，还有友谊。要重新学习的还有很多。当现实主义者继续陷入定义的泥潭，我们将架起一块白板，准备好逐一重新确认那些被污染的含义。我们中又有人说："对于一个知道何去何从的人，障碍只是滋养。"另一个人补充道："对于一个走向自己大气层的人，氧气无处不在。在我们内心深处，我们是快乐的。"

我们变得清醒，极其清醒，有时候，我们的视野甚至拒绝适应既定的现实。我们得以从形式之外去观察，我们的直觉正在觉醒。

凭借伟大的灵感，我们的本能回归，编织一种属于印象的科学，深入平行宇宙。

我们的极限得到延伸。昨日的边界已不再适用于今天。所谓"超感诗人"，正是极限的创造者，借助雄辩的对话，共同建构仍忠于崇高神圣的参照点。载体的美学,快乐蔓延的螺旋上升。我们不再是彼此的陌生人,而是不断上升中的亲密同谋。我们组成舰队,驶入生命与未知的疆域。生存的火把手手相传,没有你,我一无是处。我们是次元拓荒者。

在牛津的一家书店里,我看到一本《西藏度亡经》(藏文原名《巴多脱卓》)。其要义似乎是研究人如何从自我中心意识与永恒的无常中释放自己,从而获得自由。这一经文会在人弥留之际诵读,指引他们走上轮回的道路。

死亡本身是虚幻的,它只是人生的一个阶段。当近几个月来发生的一切压得我难以呼吸、不知所措时,当面对我孪生弟弟的儿子不可思议的超自然显现及其晦暗不明的个性而感到惶恐时,我会去读几行"度亡经",它令我重获平静。例如这句:

"吾儿,携此时拥有之身躯,你将与你之至亲好友相逢,宛若梦中。"

译后记

翻译从来不是一件轻松的事。严格来说,《谁杀了诗人?》是我翻译的第一部文学作品,其中不时穿插的诗歌段落、蕴藏的文字游戏以及与莎士比亚作品的互文片段,都增加了表达译文的难度。但同时,也正因有了这些元素,整个故事不落俗套、闪烁灵光。

作者路易斯·德米兰达既是小说家,也是哲学家。他出生于葡萄牙,3岁移居法国巴黎,青少年时期独自周游世界,行至非洲、亚洲、欧洲及美国等地,后在纽约度过了两年时光。他在1997年出版了个人第一部小说《欢愉》。2012年至2013年之前,他一直用法语写作,近年则转向探索英语创作。

译后记

《谁杀了诗人？》首版于2011年，可以说是路易斯·德米兰达法语小说的封笔之作。随着2017年这部小说英译本的问世，他发起了一项"88种语言翻译"的世界文学计划，邀请不同国家的译者翻译这部小说，试图探索语言的可能性——作为一部具有永恒主题的小说，是否可能跨越语言的藩篱，抵达人类共通的某种情感。

包裹在"破案"动机外衣下的，是多层次的时空交叠、点缀全篇的诗意乐章，以及对情感、父权、自我与生死的不断追问。显然，《谁杀了诗人？》借鉴了《哈姆雷特》的要素，例如灵魂显形这类关键情节的设置，甚至直接挪用了女主人公的名字奥菲利亚等。但作为一个发生在当代语境下的故事，作者也赋予了它更丰富的时代声音——如果你留心的话，你会发现，对于被数字化信息技术包围的当代人类，他的叙述口吻往往会突然变得辛辣反讽。有意思的是，作者善于在小说中模糊虚实的界限，不仅仅是文中梦幻与现实情境的来回摆荡，更在于史实、真实存在过的人物与他虚构的角色和情节彼此交错,为读者的阅读体验带来别样的乐趣。这真的是一个关于孪生兄弟离奇死亡的追凶故事吗?抑或这一切只是自我与分身的对话,一场梦境的投影?

身为一名跨语言创作的作者,路易斯·德米兰达与《谁杀了诗人?》里的主人公(死去的诗人弟弟巴多)一样,都相信"词语的力量"。如果将小说比作一栋房子,那么《谁杀了诗人?》这座房子里有许多扇门,通往不同的可能。而命名(naming)以及文字游戏(jeu de mots)或许正是打开这些门的钥匙。从某种角度来看,这的确是一部挑战读者的小说。因为,如果对莎士比亚一无所知,或者对文学和艺术缺乏基本的概念,文中的某些隐喻便无法被识别,一些秘语也难以破译,那些本应蒙上"超现实光晕"的词句便丧失了它们的魔力。

时间与空间的不停转换,也是这部小说的特色之一。作者故意打乱叙事的连贯性,将过去时与现在时混杂。也许我们可以拿出一张纸和一支笔，为整个故事绘制一条时间线与坐标系。关于主人公踏足的那些欧洲地名，我不够时间过多深究，但有一种预感，作者不会只是随意地选取这些城市或海湾，那背后应该有更多的诠释可能，静待读者去发掘。

如同小说里提到的"偏差行动"，翻译也可以说是这样一个过程。身为译者，能做的是尽可能准确地捕捉、还原作者的初衷和用意，然而总不可避免地有一些信息的错失或添加，进而构成语言——这一产生共鸣与误解的形式——的巧合艺术。而文中时不时出现的诗歌段落，作为最难翻译的文学形式，仿佛游离于世俗的情节，悬浮于小说文字之上，成为某种不可言说的精神力量本身。

从法文原作出版到如今，这几年间，数字科技与虚拟现实技术迅猛发展，其无疑正在深入地改变我们的认知与生活。科技提供的幻觉，人与人、人与物之间关系的"异化"正在发生。而《谁杀了诗人？》中反复出现的有关大自然的意象——树、森林、海角,以及直接点出的专属名词"Créel"(超感现实),都传达了拥有哲学家背景的路易斯·德米兰达的主张——回归本能,尊重感觉,真切地凝视对方的眼睛,听从生命之火的驱动,"不要坠入树的虚无主义",相信空气中仍有一股无法定义、难以掌控的力量会左右我们的决定与未来。

译者

2018年6月

作者访谈

本书中文版出版之际,编辑与作者进行了一场访谈。

问:这是一部什么小说?爱情小说、侦探小说、悬念小说还是哲理小说?它有什么区别于别的作品的特点?

答:这是一部哲理小说,一个当代神话,但巧妙地为各层次的读者而构思,以适应他们的阅读需求。表面上,它可以被当作是一部有点超自然的惊险小说,读者徒劳地想知道是谁杀了诗人巴多。许多虚假的线索出现了,交错在一起,悬念一直持续到最后一幕,结局让人意想不到;读得更深一点,也可以把它当作是一部奇特的关于爱的小说:一个男人对一个女人的爱,一对孪生兄弟之间的爱,父亲对儿子的爱,儿子对父亲的爱。爱有时也会变得非常邪恶,正如奥菲利亚及其周围的人那样。还有一种自我的爱:什么才叫自我尊重?读得更深一些,可以发现有许多玄幻的成分,如同在一个清醒的梦中。这个小小的神话给我们讲述了当代人的故事,它告诉大家,如果我们缺乏诗意和理想,不团结在一个共同的家园里,超越眼前的现实和民族主义,人类会变成什么。希望有一个更好的世界的人都应该读读这本小说,因为我写它的目的就是为了让大家不要失去希望。它用叙述、诗歌、情节和解放了的强大力量展现了一个美好的未来。最后,这也是思考和观照当代文学的一部文学作品。当代文学过于局限在某些特别的形式里,深受市场的束缚。总之,这是一部关于自由的复调小说。

问:法国当代小说着重心理分析,不重视故事的讲述,而你的这部小说情节线索都非常连贯。这是不是与你长期生活在法国之外有关?

答:我是葡萄牙人,在法国长大,但也在美国、英国、瑞典生活。我经常到中国、非洲、南美、俄国等地旅行，我把自己当作是一个世界公民。我爱完整的文学，它不满足于讲述一个故事，而是有一个合乎逻辑的观点，充满灵感，充满智慧地看待世界，拥有独特的风格。所有成功的小说都是"泛小说"和"自小说"，必须通过想象和思想的力量来改编生活中的素材。普遍存在于特殊之中，特殊存在于普遍之中。难道现在还有民族色彩清晰的"法国小说""德国小说"或"中国小说"吗？我不相信。那是新闻方面的词汇。有宏伟、庄严且有些疯狂的好小说，也有娱乐性的、保守的、缺乏诚意的小制作，后者很快就会被忘却。我试图写出真诚而包罗万象的——或者说是多样性的作品。一部小说，如果读者也是其中的主人公，他就能一直走到头。

问：你为什么要写这部小说？小说中是否有自传因素？你已经有很多作品，但好像对这部小说特别上心。

答：我想所有的作者都求助于自己的生活经

验、直觉和人生经历。如果说这是一部自传体小说,还不如说是一部关于我清醒的梦的传记,讲述的是我们在现在和将来的世界上共同面临的现实。我想这是一部穿越国境的作品,是一部成年人的小说,但保留着青春的激情。它综合了我以前写别的小说和专著以及思考文学时所学到的一切。这是我用法语写的最后一部小说,仿佛是我其他作品浓缩的精华。它是一瓶烈酒,一瓶浓烈的香水,是我最醉人和迷人的作品。我受到我亲身经历过的一段爱情的影响,但我写小说的办法更多是用真实的事件来创造虚构的想象,更多是我的生活与我的小说相像,而不是相反。

问:你想通过这部小说说明什么问题?爱情与阴谋?

答:如果我能用3句话来概括我的创作意图,我就不写这部小说了。它页数不多,但说了许多关于人生各方面的直观的东西:爱情、友谊、理想、邪恶、童年、信仰、希望、灵魂的团结、政治,等等。我把它当作是我死之前的最后一部小说。这是一部与生命本源关系十分密切的作品,直接出自我的灵魂,也是我离开法国之前的绝唱。我想我以后再也不会写小说了,或者说不再用法语写。我已经在我1997年至2011年间出版的六七部小说中说了要说的东西。但谁知道呢,也许我会改变注意?眼下,我希望写完《谁杀了诗人?》后就此停手,我不谦虚地认为它在崇高的探索中各方面都取得了成功。而且,我的另一部小说《沙漠绿洲》是《谁杀了诗人?》的另一个版本,没它那么悲剧,也没它那么浪漫,但比它更加清醒。这两部作品组成了关于21世纪的双折画。《沙漠绿洲》是一部伪科幻小说,《谁杀了诗人?》是一部伪玄幻惊险小说。如同塞万提斯采用当时最主要的文学形式来写《堂吉诃德》,我想用当今出版市场上最主要的文学形式来脱颖而出。

问:你为什么要强调"8"这个数字,发动这么多国家的翻译家和出版家来参与这个活动?

答:天上有88个正式承认的星座,每种语言都像是一颗星星,有自己的领地和象征。在我们这个越来越智能化和自动化的世界上,诗歌与创作濒临死亡,我的这本小说就是想与这种现象作斗争,所以我希望它能像一股希望之风吹遍全球,或像是一颗彗星穿越世界,让它在我死之前能被翻译成88种语言。这也是一场跨国界的读者创作活动。而且,我喜欢8这个数字也因为它象征着数学中的无穷大(重新站起来的∞)。在小说中,围绕着莎士比亚和"888"也在揭示一个秘密,但还是让我们保留悬念吧!

问:你既是小说家又是哲学家和电影导演,不但用法语写作也用英语写作,这对你的文学创作有什么影响?

答:我把自己看作是"创造真实"(Créel)的"创造学家"和辩证学家,时而写小说,时而写哲学著作,时而以别的形式展现同样的思想。我实现某些主张,创造某些世界。一切都围绕着我关于"创造真实"的宇宙论,围绕着我"共同创造一个更加和谐的世界"的愿望。什么叫"创造真实"?这部小说给出了一个答案。这离中国人所谓的

"道"并不太远。我于2012年离开了法国,因为我觉得自己在原地踏步,我想成为世界公民,用另一种语言从零开始,让自己陷入危险,感觉到自己没那么能干,更多地像是个初学者。所以我对法国文化和文学领域有很多批评,它已经很堕落了,充斥着模仿。巴黎有时是一个没有信念也没有法律的吝啬城市。在文坛和新闻界有许多不光彩的行为。您也许会说,别的地方也好不了多少,但我对别的地方发生的事了解不多,我想努力成为一个跨国作者和思想家。如果可能,我愿意到中国去生活,那是一个对我很有吸引力的国家,因为我对它不了解,尽管2008年我在那里旅行了1个月。我现在定居瑞典,因为我女儿是瑞典人,我想像一根支柱待在她身旁。再说,瑞典是一个迷人的国家,没法国那么多暴力。总之,我是个国际实验者,关心未来的人类,所以我想我也是个跨国实验者。

问:您对中国文学有些什么了解?对中国读者有什么期望?

答:在莫言获得诺贝尔文学奖之前,我常常把他的《丰乳肥臀》送给朋友们。那是一部激动人心、充满力量的作品。他获诺贝尔奖是实至名归。但总的来说，我对中国文学不熟悉。文学当然没有国界和民族风格，只是有的作者勇敢，有的作者没那么勇敢。如果我的小说今天用中文出版了，它不是也会影响你们的读者和作者，从而有利于你们的文化发展吗？反过来也一样。我急于知道我的作品在中国会受到怎样的欢迎。我想你们的读者有足够的文学修养，能读懂我献给他们的这个神话。对于出格的作品，最重要的是有耐心。